皇帝の薬膳妃

白銀の奇跡と明かされる真実

角川文庫
24583

目次

序　七
一、マゴイの花嫁　九
二、雨の降らない大社　二六
三、尊武の黒軍と空丞の黄軍　四一
四、老師の山房　五四
五、尊武の行軍　七一
六、山房の薬膳《やくぜん》料理　七九
七、旻儒の正体　九一
八、黎司の見た夢　一一三
九、マゴイの子　一三三
十、裏切り者　一六五
十一、昴宿最後の夜　一八〇
十二、操られた董胡　二二三

用語解説と主な登場人物

伍尭國《ごぎょうこく》

麒麟の都を中央に置き、北に**玄武**、南に**朱雀**、東に**青龍**、西に**白虎**の**五つの都**を持つ五行思想の国。

四公《しこう》

東西南北それぞれの地を治める領主。重臣として国の政治中枢にも関わる。

玄武《げんぶ》……医術で栄える北の都。

・**董胡《とうこ》** 性別を偽り医師を目指す少女。「人の欲する味が五色の光で視える」という力を持つ。

・**鼓濤《ことう》** 董胡と同一人物。玄武の姫として皇帝に輿入れする。

・**卜殷《ぼくいん》** かつて小さな治療院を営んでいた医師。董胡の親代わりであり師匠。

・**楊庵《ようあん》** 董胡の兄弟子。先輩医師の偵徳《ていとく》と共に、董胡を捜して王宮に潜入する。

・**玄武公 亀氏《きし》** 玄武の領主。絶大な財力で国の政治的実権をも握る。

・**濤麗《とうれい》** 董胡の母。故人。

・**王琳《おうりん》** 董胡の侍女頭。厳しいが有能。

・**茶民《ちゃみん》** 董胡の侍女。貯金が生き甲斐《がい》。

・**壇々《だんだん》** 董胡の侍女。食いしん坊。

・**尊武《そんぶ》** 玄武公の嫡男。不気味な存在。

・**犀爬《さいは》** 宮内局付きの産巫女。尊武に仕える。

麒麟《きりん》……皇帝の住まう中央の都。国の統治組織を備えた王宮を有する。また、天術を司る皇帝の血筋の者も「麒麟」と呼ばれる。

・黎司《れいし》　現皇帝。うつけの乱暴者と噂される。

・翠明《すいめい》　黎司の側近。麒麟の血筋を引く神官。

・孔曹《こうそう》　太政大臣で、黎司の大叔父。

白虎《びゃっこ》……商術で栄える西の都。

朱雀《すざく》……芸術で栄える南の都。

・朱璃《しゅり》　父の妓楼で芸団を楽しんでいたが、朱雀の姫として皇帝の后に。

・禰古《ねこ》　朱璃の侍女頭。朱璃のことが大好き。

青龍《せいりゅう》……武術で栄える東の都。

其那國《きなこく》

白虎の北西にある海峡を挟んだ隣国。国内で政変が起こっている。

・ルカ　其那國の王女。行方不明の姉を捜しに伍尭國にやってきた。

・ナティア　ルカの姉。〝マゴイ〟の子を身ごもっている。

序

平民育ちでありながら伍尭國《ごぎょうこく》の皇帝の后《きさき》・鼓濤《ことう》として暮らすことになった董胡《とうこ》は、后付きの専属薬膳《やくぜん》師という仮の身分を使って自身の生い立ちを調べていた。

そしてその核心を知るだろう白龍《はくりゅう》という盲目の医師を捜して、朱雀《すざく》の后・朱璃《しゅり》とともに子宝祈願を口実に白虎《びゃっこ》の百滝《ひゃくたき》の大社《おおやしろ》に向かう。

しかし盛大な后行列で辿《たど》り着いた白虎の地は、隣の其那國《きなこく》から入り込んだ不法移民で溢《あふ》れていた。

其那國の少女ルカと知り合った董胡は、姉を捜しているという彼女と共に移民少女が多く逃げ込むという『隠れ庵《あん》』を訪ねる。そこで其那國の政変と、『マゴイの一族』という銀の髪の凶悪な一族のことを知らされた。

彼らが一番恐れているのは伍尭國の皇帝であり、彼らが本当に手に入れたいのは麒麟《きりん》の血を持つ貴族の姫君なのだと聞かされ、后一行の危険を悟る董胡。

早々に王宮に戻ることにした董胡達だったが、そんな矢先、産巫女《うぶみこ》の犀爬《さいは》から白龍らしき人物の消息を聞いてしまった。

一方の皇帝・黎司《れいし》もまた其那國の混乱を知り、董胡と后達のために空丞《くうじょう》将軍の率いる黄軍《こうぐん》と、玄武《げんぶ》公嫡男・尊武《そんぶ》の率いる黒軍《こくぐん》を白虎の地に送り込む。

マゴイの魔の手が忍び寄る白虎で、新たな事件が巻き起ころうとしていた。

一、マゴイの花嫁

『第十五代　伍尭國皇帝日誌』

春分の月　十日
殿上《てんじょう》会議にて『花宴《かえん》の節《せち》』の催しについて決議。
会議終了後、玄武公と謁見。玄武の后宮《きさきぐう》にて茶会を開く云々《うんぬん》。面倒なことだ。
なんとしても玄武の后に皇太子を産ませたいのだろう。
夜半、朱雀の后宮にて過ごす。玄武の者は狡猾《こうかつ》さが目について好かぬ。

清明の月　三日
玄武公の催促がうるさい。后宮に通えと暗に促されてうんざりする。
私を年寄り扱いして、子種が枯れるかのように言うのが憎々しい。
明日は白虎の后宮に行くと先触れを出すことにした。
玄武の思い通りにはならぬ。痛恨の極みを味わうがいい。

皇宮の四階にある書庫で、黎司は先々代の皇帝の日誌を読みふけっていた。

皇帝日誌は一年を二十四の季節月に分けて書かれている。

「先々代の皇帝も玄武公の圧力に嫌気がさしていたのだな」

黎司の祖父にあたる十五代皇帝は、五十を過ぎてから即位したと聞く。

十四代皇帝がずいぶん長生きしたため、即位が遅かったようだ。

皇帝は即位するまで后を持つことはできないが、皇太子時代の側室として何人か妻はいたらしい。側室との間に子も何人か生まれたが、皇位継承の順位は四公《しこう》の一の后から生まれた男児が第一位となる。

それゆえ、四公の后達は大急ぎで男児を産めと重圧をかけられていたのだろう。

結論から言うと、即位後に朱雀の后が男児を産んだものの三歳ほどで亡くなり、他には朱雀と白虎にそれぞれ皇女が生まれただけだったようだ。

朱雀の皇女は一の后から産まれた姫ではなく、后の侍女の一人が産んだらしい。

それが、のちに朱雀の三の后宮の主《あるじ》となる濤麗《とうれい》だった。

濤麗はその後、玄武公の嫡男に嫁いで鼓濤を産む。

その鼓濤こそが現在の玄武の一の后だ。

そして白虎の一の后が産んだもう一人の皇女もまた、玄武公の嫡男に嫁いでいる。

こちらの方が先に輿入《こしい》れが決まっていたのだが、どういうわけか何の約束もなかった濤麗が先に嫁ぐことになり正妻となったようだ。

そして鼓濤が産まれた一年後、白虎の皇女が華蘭《からん》を産んでいる。

「それにしても……意地でも玄武の后に子を産ませたくなかったのだろうな」

玄武の后はお渡りもほとんどなく、子のできないまま代替わりと共に宮を去っている。

結局朱雀に生まれた男児も亡くなってしまい、即位前に麒麟《きりん》の侍女との間に生まれた子が第十六代皇帝となった。つまり黎司の父・孝司《こうし》帝だ。

他にも即位前に男児が何人か生まれていたようだが、父以外はすでに亡くなっていたらしい。病弱だったのか、良からぬ策略に巻き込まれたのかは分からない。

麒麟の神官の許《もと》で育った父は、四公の後見もなく即位時はまだ十五歳だった。

帝王学もきちんと学ばぬままいきなり皇帝に担ぎ上げられ、気付けば玄武に搦《から》めとられていたのだろう。

生前は玄武公の言いなりだった父を歯がゆく思ったものだが、今となってはそのような生い立ちであれば仕方がなかったのだと理解できる。

「それにしても先々帝はずいぶん率直な感情を書き付ける方だったようだ」

父の日誌が日々の出来事と、当たり障りのない言葉で埋め尽くされているのに対し、祖父は人物の好き嫌いも、日々の不満も思うままに書いている。

大暑の月　十二日

暑い。今年は特に暑い。殿上会議になど出たくない。つまらぬ。
四公は勝手なことばかり申して皇帝をないがしろにする。
どうせ天術など使えぬと高をくくっているのだろう。
今に見ておれ。創司帝《そうし》のような天術を授かって、皆を見返してやる。

即位してすぐの頃は、どの皇帝も我こそは天術を授かって初代皇帝の御世《みよ》を再現するのだと期待に胸膨らませている。
しかし半年もせぬうちに、期待は打ち砕かれ自信をなくしていくのだ。

白露の月　二日
神は私をお見捨てになった。天術など創司帝が創り上げた荒唐無稽《こうとうむけい》なおとぎ話だ。
そんなものは最初からなかったのだ。
先読みの詔《みことのり》で災害を未然に防いだ？　先代も先々代も防いでおらぬではないか。
剣で風を起こし千里先の敵をなぎ倒しただと？　ばかばかしい。
皇帝よりも麒麟の神官達の方がよっぽど役に立つ力を持っている。
こうして皇帝は、四公の傀儡《かいらい》となっていくのだ。よく分かった。
天術の発現がない自分にいら立つ様子が目に見えるようだ。

少し前の自分に重なって、親近感が湧いてくる。

先帝である父の、年中行事を羅列したような日誌に飽きて初代創司帝の日誌ばかりを読んでいたが、自分と同じ苦しみを感じている皇帝も多くいたに違いない。

もっと早く祖父の日誌を読めば良かったと今更悔やんだ。

そんな祖父の日誌に変化が見られたのは、即位後半年を過ぎた頃だった。

寒露の月　八日
白虎公・虎氏《こし》が青ざめた顔で奇妙な話を持ってきた。

隣国の其那國から友好の印に姫君を輿入れさせて欲しいとのこと。

其那國の神官の血筋を持つ、それはそれは清麗な美姫だという。

友好の印であるならば、こちらからも何か返さねばならぬのではないかと問うと、子が産まれたら祝いの品を持って神官の一族で参上したい由。

其那國に得なことは何もないが、それでいいと言うのだから受けて欲しいと白虎公に懇願される。白虎公は其那國の機嫌を損ねることを恐れているようだ。

まあ海峡を挟むといっても隣国ゆえ、揉《も》め事を起こしたくないのだろう。

白虎公の顔を立てるために応じることとなった。

それから十日もしないうちに其那國の姫君は闇夜に隠れるように到着したようだ。

隣国からの輿入れとなれば盛大に迎えねばならぬと殿上会議にかけて準備を始めようとしていた矢先、小さな輿一つで突然白虎公の玻璃《はり》の宮へ訪ねてきたらしい。

祖父も白虎公も相当驚いたらしいことが記されている。

霜降の月　二日
気味の悪い話だ。

取り次いだ白虎公の話によると、黒い外套《マント》を頭から被《かぶ》った者達が輿を担いできたという。頭巾《ずきん》を取ると金茶色の髪に紺碧《こんぺき》の瞳《ひとみ》色をした無表情な男達だったそうだ。

彼らは姫君に関する注意点を幾つか述べると、侍女一人を残して立ち去ったらしい。

花嫁は其那國からの内密の贈り物と思って欲しいとのこと。

后の地位も、側室の立場も要求するつもりはないという。

遊び女を贈っただけというのだろうか。其那國が何を考えているのか分からぬ。

霜降の月　三日
残された其那國の侍女の話によると、ずいぶん昔、其那國建国の頃に一度同じように神官の娘が伍尭國の皇帝に差しだされたことがあったようだ。
当時も闇夜に紛れて輿に乗った姫君が贈られてきたらしい。
その時、其那國の姫君のために『籠《こも》りの宮』を皇宮の地下に作ったのだという。

それを聞いて弟の孔曹《こうそう》が古い文献を探し出し、同じような宮を急ぎ整えてくれた。

黎司にとって大叔父《おおおじ》である孔曹は、祖父の二十歳ほど下の弟だった。

当時は祖父の側近神官として働いていたようだ。

生真面目で堅物の孔曹は子供の頃の黎司には苦手な存在だったが、四公の甘言にも一切耳を貸さない清廉潔白さに、これまでどれほど救われたか分からない。

今では太政大臣として頼りになる存在だった。

その孔曹が其那國の姫君との婚姻に関わっていたのだ。

さらに日誌は続く。

霜降の月　六日
其那國の姫君は、昨夜、密《ひそ》かに籠りの宮に入ったそうだ。

白虎公に、なぜ地下に宮を作るのかと問うた。

なぜ夜陰に紛れてそのように隠さねばならぬのかと。

皇帝の后《きさき》は四公の血の濃い姫君と決まっているが、だからといって隣国の友好の印となる姫君にあまりに失礼ではないのかと尋ねたのだ。

白虎公が姫君の侍女から聞いた話では、其那國の神官の一族は特殊な外見をしていて、さらに日の光に弱い体質ゆえに人目に晒《さら》されたくないのだということだった。

その神官の一族を『マゴイの一族』と彼らは呼んでいるそうだ。

ここで初めて『マゴイの一族』という言葉が現れた。

そしてこの後の日誌は、しばらくマゴイの言葉で埋め尽くされることになる。

霜降の月　十日
マゴイの姫君は、聞くところによるとまだ十五歳らしい。

金茶色の髪と紺碧の瞳色の侍女が一人、つきっきりで世話をしているらしいが、姫君の顔を見た者はいない。

其那國のものだろう黒い薄紗《はくさ》を頭から被り、金刺繍《ししゅう》のふわりと広がる不思議な衣装を着ていたのを垣間《かいま》見た者がいるぐらいだ。

孔曹が挨拶《あいさつ》に行っても、御簾《みす》の中で黙り込んでいるらしい。

妙な姫君を娶《めと》ってしまったものだ。どうしたものか。

立冬の月　五日
其那國のマゴイから文が届いた。
姫君を気に入ったか、様子窺《うかが》いの文のようだ。
まだ一度も会っていないとは言えぬ雰囲気だ。

白虎公がせめて一度だけでもお渡りくださいとうるさい。
やはり一度ぐらい訪ねていかねばならぬようだ。めんどうなことよ。
されど特殊な外見というのは気になる。明日にでも訪ねてみるとしよう。
そして訪ねた翌日の日誌へと日付が飛ぶ。
つまり籠りの宮で一泊したようだ。
立冬の月　七日
昨夜、いったい何が起こったのだ。
マゴイの姫君。確かに見たことのない容姿であった。
侍女が御簾を上げてその姿を見た瞬間に、私は息を呑《の》んだ。
燭台《しょくだい》の灯に煌《きら》めく銀の長い髪。色素の薄い真っ白な肌。深い紺碧の瞳。
地下の闇に冴《さ》え冴《ざ》えと輝く美貌《びぼう》が完璧《かんぺき》過ぎて、恐怖すら感じた。
其那國の香だろうか。不思議な甘酸っぱい匂いがした。
その香りのせいなのか。私はうっとりと姫君に見惚《みと》れ、気付けば手を伸ばしていた。
ひどく甘美な囁《ささや》き。耳にかかる吐息に体中が痺《しび》れた。
えもいわれぬ快感と悦楽に身を委ね、いつの間にか眠ってしまったようだ。
すでに寝所に姫君の姿はなく、私はこんなつもりではなかったと体を起こそうとした。

しかし、ひどく体が重い。私は急に恐くなって這《は》うように宮を出た。

地下の階段を腹ばいのまま上り出ると、すでに夜が明けて近従が心配そうに待っていた。翌朝迎えに来いと、私が昨夜追い返したそうだ。何も覚えていない。


まるで美しい幽鬼にかどわかされる怪談譚《たん》のような書き方をしているが、要するに思いのほか魅力的な姫君にあっさり落ちてしまったということだろう。

どんな姫君なのか様子を見るだけのつもりが、一夜を過ごしてしまったのだ。

自分でも情けないと思ったのか、しばらくは警戒して通っていた様子はない。

ただ、その一夜の記憶を辿《たど》るように、思い出したことを時々日誌に記している。

立冬の月　八日
あれは人間だったのだろうか。
銀の髪はしなやかな長い針のように冷たく重みがあり、紺碧の瞳は深海のように底が見えず、肌は夜闇の中でも白く光っていた。
天女か、あるいは魔性の奸婦《かんぷ》か……。

立冬の月　十一日

ふと思い出した。
マゴイの姫君はまだ十五歳の儚《はかな》げで病弱な姫君だと聞いた。
確かに第一印象は幼さの残る美しい少女であったように思う。
だがしかし……あの夜、自分より大きなものに包まれた安らぎを覚えている。
どういうことだろう。姫君のふわりと膨らんだ衣装に包まれたからだろうか。
ひどく心地よかったことだけをはっきり覚えていた。
記憶が錯綜《さくそう》している。あの夜、私はどのように過ごしたのだろうか。
もう一度確かめに行きたい欲望と戦っている。
孔曹に、行ってはいけないと止められた。
私は知らぬうちに籠りの宮に行こうとしていたようだ。

立冬の月　十五日
今日もまた、籠りの宮に行こうとしていたところを孔曹に止められた。
孔曹は、私を見張っているようだ。
ほんの少し会うだけだと言っているのに、だめだと言う。
側近神官だからと何様のつもりだ。
私がどの妻のところに通おうと、弟に指図される筋合いはない。
孔曹よりも麒麟の力の強い神官はいくらでもいる。

弟だからと目をかけていたが、少しばかり増長させてしまったようだ。
次の殿上会議で側近の交代を言い渡そう。

日に日にマゴイの娘への執着が大きくなり、側近神官である孔曹との間に溝ができてきたようだ。祖父に誰よりも真摯《しんし》に仕え、わが身を顧みず苦言を呈する者を遠ざけようとしている。その危うさに黎司は、はらはらと先を読み進めた。
だが、その日を境に、徐々にマゴイの娘への執着は薄れていったようだ。

小雪の月　三日
私はどうかしていた。
私の身を案じる孔曹を目障りに感じ、側近を替えようとしていたとは。
我ながら愚かであった。
すべてはあのマゴイの姫君のせいだ。
もう二度とあの宮には近付かないと孔曹と約した。
マゴイからの文には、仲睦《なかむつ》まじくやっていると感謝を伝えておけばいい。
姫君が籠りの宮から出ない限り、マゴイに知られることはない。
気の毒だが、マゴイの姫君は生涯地下の宮で隠れるように暮らすほかないだろう。

その後しばらく、日誌にはマゴイのことは書かれていない。
時折、元気に過ごしているらしいという報告を聞くぐらいだ。
そして三月に一度ほど、其那國のマゴイから様子窺いの文が来たことが記されている。
ぱらぱらと日誌をめくり、何事もない日々が続いていた。
そんな日誌に新たな変化が現れたのは、一年以上過ぎた頃だった。
年が明けて元日の神事を終え、国民参賀の儀も滞りなく済ませたある日。

小寒の月　五日
籠りの宮の侍女が奇妙なことを言いだした。
マゴイの姫君が身ごもっているのだと言う。
だが、私が宮を訪ねたのは一年以上前のことだ。
あの時の子であるならば、とっくに産まれていなければおかしい。
まだ腹にいるという赤子は、いったい誰の子だというのか。
あの暗く閉ざされた地下の宮に、誰かが通っていたのだろうか。
いったい誰が……。

「不義の子か……」
黎司は日誌を読みながら呟《つぶや》いた。

長く渡りのなかった宮で、孤独に暮らす姫君に同情する者がいたのだろう。

あるいは秘された姫君の素性も分からないまま、恋に落ちたのだろうか。

ただ、秘されていたとはいえ皇帝の妻である者に不義を働いたとなると大問題だ。

男の方は死罪だろう。

マゴイの姫君と腹の子の処罰は、皇帝の判断に委ねられる。

「其那國への配慮もあって死罪はないだろう。母子共々、国へ送り返すか。いや。ずっと通っていなかったばつの悪さから、其那國には知らせず産まれた子だけを秘密裡《ひみつり》に養子に出して、何事もなかったかのように誤魔化すしかないか……」

だが黎司が予想もしなかった方向へと事態は進んでいく。

小寒の月　十日
籠りの宮に近付いた男達を孔曹に調べさせているが、見つかる気配はない。
そもそも皇宮で働く神官でさえ、籠りの宮の存在を知っている者はほとんどいない。
宮に出入りした男は孔曹ぐらいであった。まさか孔曹が……。
いや、あの生真面目で堅物な男にそんなことが出来るはずがない。
マゴイの姫君の侍女を呼び出して尋ねたが、呆《あき》れたことに私の子だと言うではないか。
嘘をつくなと問い詰めても、其那國に懐妊を知らせてくれなどと言い出す始末。

冗談じゃない。こんな醜聞を其那國に知らせられるわけがない。

大寒の月　一日

子はまだ産まれない。

宮に送り込んだ産巫女《うぶみこ》の話では、はちきれそうな腹になって母体も衰弱しているとのこと。いっそのこと、このまま母子で儚くなってくれぬことだろうか。

姫君の侍女は、もうすぐ産まれるから其那國に文を送って欲しいと言い続けている。

最初にマゴイと約したはずだと騒いでいる。

そういえば子が産まれたら神官の一族で祝いに参上すると言っていた。

不義の子の祝いに参上させるというのか。マゴイの姫君は何を考えているのだろう。

侍女は埒《らち》が明かないとひそかに其那國に知らせを送ろうとしたようだが、孔曹が察知して食い止めてくれた。

まったく気味の悪い姫君を娶《めと》ってしまったものだ。

大寒の月　九日

今日、マゴイの姫君が子を産んだそうだ。

普通の赤子より一回り大きいとのことだが、美しい男児だったそうだ。

本当に私の子であったなら、即位後の男児ということになる。皮肉なものだ。

だがもちろん四公の姫君が産んだわけでもない、身に覚えのない不義の男児を皇位継承の順位に入れるはずもなく、産まれてすぐに孔曹がうまく処理してくれたようだ。

一つ朗報と言えば、マゴイの姫君は難産に堪える体力がなく死んだそうだ。

気の毒なことではあるが、子を奪われる悲劇も知らず、不義による処罰を下されることもなく死んだことは幸いであった。

ようやく平穏な日々に戻って良かった。まったく悪夢のような日々であった。


その後、祖父は多少の罪悪感と共に忘れてしまいたかったのか、マゴイの話にまったく触れなくなった。

「孔曹がうまく処理したと書いてあるが、どう処理したのだ?」

処理とはつまり息の根を止めたということなのか。それとも血筋を隠したままどこかに養子にやったということなのか。日誌には何も書かれていない。

「美しい男児ということだが、母に似た銀髪と紺碧《こんぺき》の瞳《ひとみ》色であったなら血筋を隠そうにも隠し切れまい。それならばやはり殺されてしまったのか……」

ぱらぱらと数カ月先まで日誌をめくってみたが、祖父は何も書き残していない。

「この赤子がもし生きていたなら……四十歳ぐらいになっているのか……」

すぐに思い当たるような人物はいない。

「やはり殺したのか……」

その可能性が高いが、とにかく確かめねばならないだろう。

「孔曹に話を聞かねばならぬな……」

黎司は日誌を置いて立ち上がった。

二、雨の降らない大社

「これほど雨が降らないのは非常に珍しいことでございます」

「お后《きさき》様方にはご心配をおかけして申し訳ございません」

朝から百滝の大社の大宮司二人が並んで頭を下げる。

御簾《みす》の中には、鼓濤と朱璃、それに侍女頭二人も揃っていた。

六日目になっても雨は降らなかった。

雨が降らない限り、子宝祈願は終了しない。

だが董胡にとっては好都合でもあった。

おかげで白龍らしき人物に会う日程を確保できる。

隣国である其那國の政変と、その神官の一族であるマゴイの不穏な動きを警戒して、早急に王宮に帰るべきだという赤軍《せきぐん》の方針が今朝方決定したようだ。

本来なら今日にも出立と言いたいところだろうが、子宝祈願成就のための雨が降り次第ということで待ってもらっている状態だった。

雨が降るまでに、犀爬から聞いた盲目の医師に会わなければならない。

すでに昨夜、隠れ庵の宝庵《ほうあん》には急ぎの文を送っている。

今日は、その返事を待たずして隠れ庵に朱璃と共に出向くつもりだった。

とにかく時間がない。

「ところで、今日は祭主様はおられないのでございますか？」

神官の挨拶《あいさつ》と聞いて、てっきり祭主がやってくるものだとばかり思っていた。

董胡が尋ねると、大宮司二人は困ったように顔を見合わせている。

「そ、それが……朝から体調がすぐれないようでして、臥《ふ》せっているのでございます」

「祭主様はこのところ、たまにひどく体調を崩されることが多く心配しています」

先日会った時は元気そうに見えたが……。

そういえば両腕に妙なあざがあったことが気になっていた。

「どこかお悪いのでしょうか？　私共は専属医官を帯同しておりますので、必要とあれば往診させますが」

祭主にはいろいろ聞きたいこともある。

董胡となって直接話ができれば、何か分かることがあるかもしれない。

「いえ……。祭主様は中庭で転んで、竹垣で腹を打ったのだとおっしゃいまして。安静にしていれば治ると医者に診せるのを嫌がるのでございます」

「ですが、このところよく転ばれるようで打ち身が増えるばかりでして……」

「打ち身が？」

董胡は考え込んだ。

先日のあざは、やはり転んだ時にできた打ち身なのだろうか。

だが、日を空けずしてまたしても転んだというのか。

大の大人が、そんなに何度も転んだりするものだろうか。

(あるいは転びやすい病？　運動機能が著しく低下する病なら確かにあるが……)

「もしかして物忘れなどもございますか？」

運動機能だけでなく思考も低下していく老人特有の病もある。

そのせいで其那國の政変や不法移民について、報告や対応が遅れたということは考えられないだろうか？　あらゆる可能性を想像してみるべきだ。

「物忘れというか……時々ぼんやりしておられることがあります。ですが祈禱《きとう》や行事などは支障なくこなされますし、話してみると変わらず才識のある方でございます」

「けれど、そういえば突然声を荒らげるようなことが増えました。以前は穏やかで気分にムラがあるような方ではなかったのでございますが」

確かに最初の挨拶の時も大宮司達に不法移民の話をされて、急に声を荒らげていた。

(ぼんやりする。以前にない気分の抑揚。症状としては当てはまらなくもないけど……)

「一度きちんと医師に診てもらった方がよいでしょうね」

隣で聞いていた朱璃が董胡の代わりに告げた。

本当は董胡が診たいところだが、今日は他に行くところがある。

「そう致します。お后様達もご不安でしょうに、お気遣いありがとうございます。不法移民のこともすでに王宮に知らせを送ったと先ほど聞きました」

「其那國の情勢も何かおかしいとは思っておりましたが、政変が起こっていたとは。お后様方がおいでになったおかげで、気付くことができました。ありがとうございます」

大宮司達は早朝から赤軍の尋問を受け、詳しく知らされたようだ。

だが、彼らは不法移民のことしか知らなかったらしい。

そもそも神官は神と民をつなぐ存在であって、政治に深く関わることをよしとしない。

彼らの潔白さが裏目に出てしまったようだ。

「大宮司様達は其那國のマゴイの一族については何かご存じなのですか?」

朱璃が率直に尋ねた。

「いえ……。神官の一族で銀の髪をしているという話は聞いたことがございますが、会ったことはありません。其那國からの使者には、いつも祭主様がお一人で対応されていましたので」

「祭主様なら何か知っているかもしれませんが……」

残念ながら大宮司達からは何の情報も得られなかった。

昨日、芸団と共に港町への興行に付き添った朱璃も有益な情報は摑《つか》めなかったようだ。

港町は活気があり、其那國からの商船も停泊していて金茶色の髪の人々は何人か見かけたようだが、みな正規の商人のようで不法移民の少女なども見かけなかったらしい。

不法に入国しているので人目につかないようにしているだろうから、当然といえば当然の話だけれど。

もちろん銀の髪の者など一人も見かけなかったそうだ。

「体調が良くなられたら、祭主様にもお話を聞かせていただきたいですね」

帰る前に、祭主に確かめねばならないことがいくつかある。

「分かりました。そのように祭主様にもお伝え致します」

「ご不安でしょうが、雨が降るまでもうしばしこちらでお寛《くつろ》ぎくださいませ」

大宮司達は申し訳なさそうに頭を下げて戻っていった。


大宮司達が出ていったあと、董胡と朱璃は大急ぎで医官服に着替えた。

空は今にも雨が降り出しそうな雨雲に覆われている。

なんとしても雨が降る前に隠れ庵に行って、白龍らしき人物の所在を聞かねばならない。雨が降れば子宝の滝から水を取って、后達の祈願は完了してしまう。

「どうかお気をつけていってらっしゃいませ」

「お出掛けになるのは今日を最後にしてくださいませね」

侍女頭二人は渋々ながら、事情を理解して送り出してくれた。

こうして董胡と朱璃は僅《わず》かな時間も惜しんで、速足で隠れ庵に向かった。

出迎えた宝庵は、董胡と朱璃を部屋に通して困り顔になっていた。

「昨夜、文でお知らせ頂いたことでございますが……」

董胡と朱璃が座に着くなり、宝庵は言いにくそうに告げた。

「火急のことと存じますが、残念ながら彼《か》の方には連絡手段が限られておりまして」

だが董胡は希望に目を輝かせた。

「連絡手段はあるということですね？　つまりご存命なのですね！」

犀爬の話では、ずいぶん昔のことで生きているかどうかも分からないようだった。

ともかく生きているらしいことに期待が高まる。しかし。

「そ、それも……私には分かりません」

宝庵は申し訳なさそうに答えた。

「分からないって、それはどういうことですか？」

朱璃がもどかしそうに尋ねる。

「彼の方と私が共に学んだ麒麟寮の老師様が、この近くの山房で暮らしておられます。そちらにたまに顔を出されることがあると聞いております。昨日文を頂いて、すぐにそちらの山房に使いを送りましたが、老師様にも次にいつお見えになるか分からないと言われたそうでございます。この三年ほどはお見えになっていないと……」

「三年も……」

その三年の間にもしかして亡くなってしまっているかもしれない。

まして三年も現れなかった人が、たまたま今日現れて文を受け取っている可能性は限りなく低い。

「その老師様のところに案内してください！　直接尋ねてみます」

「老師様も彼の方の居場所はご存じないと思いますよ。行ったところで無駄足になるだけでしょう」

「それでも構いません！　私達には今日しか時間がないのです」

朱璃も意気込んで告げた。

宝庵はそんな二人の医官を見つめ不審を浮かべる。

「あなた方はなぜそうまでして彼の方に会いたいのですか？　ナティアの出産のことを心配してくれているのなら、お二人が王宮にお帰りになった後、私がもう一度文を送って頼んでみます」

「その方に直接お会いして聞きたいことがあるのでございます」

「聞きたいこと？」

宝庵はますます不安を浮かべて董胡達を見た。

「いったい彼の方に何を聞くつもりですか？　あなた達の目的は何なのですか？」

怪しむ宝庵に、董胡は訴えるしかなかった。

「彼は私の……」

父かもしれない……とはさすがに言えない。

「私の……知っている方かもしれないのです」

だが宝庵は首を振って答えた。

「あなたのようにお若い方の知り合いであるはずがありません。彼の方は十数年もの間、世捨て人のように山奥に息をひそめるように暮らしているのです」

「十数年……」

それは黒水晶《くろすいしょう》の宮から逃げたあの日からではないのか。

「宝庵様。その方は白龍様と呼ばれていませんでしたか？　白龍のような長い白髪ではありませんでしたか？」

だがその問いにも宝庵は首を振った。

「……いいえ。私の知っている彼の方はそのような名ではございません。麒麟寮では旻《ぶん》儒《じゅ》様と呼ばれていました。長い黒髪の非常に優れた医師でございました」

「旻儒様……。黒髪……」

董胡は啞然《あぜん》として言葉を失《な》くした。

（ならば白龍様ではないのか……）

「共に学んだ頃は、盲目でもありませんでした。私よりもずいぶん若く、それでいて医術に関しては他に比類なき才能を持っておられました」

「盲目ではなかった……？」

だったら、その後、なんらかの理由で失明したということだ。

再び希望を浮かべる。

「旻儒様はなぜ盲目になったのでしょう？　もしかして大きな病を患ったのではありませんか？　高熱が続くような……」

長引く高熱によって突然失明するような症例はある。また、病を原因として急速に髪の色素を失い白髪になる場合があることも症例として報告されている。

若くして急に白髪が増えたなら、血虚を伴う病が隠れているか、心身が極度の恐怖や不安に襲われて血流が滞っている可能性を疑ってみる。

彼もまたそのような状態であったと考えられないだろうか。

「確かに……原因不明の病に襲われ、生死の境を彷徨《さまよ》っていたと聞いています。辛うじて命を取り留め、目覚めた時には失明していたと……」

「その時、黒髪も色を失っていたのではありませんか？」

董胡は意気込んで尋ねた。だが宝庵は力なく答える。

「そのような話は聞いておりませんが……。私は一足違いで回復した旻儒様には会えなかったのです。病を発症して老師様の許《もと》に身を寄せていた旻儒様を、私は何度か見舞っていました。老師様からもうだめかもしれないと聞いて、私は仕事の合間をぬって会いに行きました。けれど激痛に苦しむ様を見られたくなかったのでしょう。旻儒様は、もう来ないでくれと拒絶するようになりました。それでも気になって、しばらくぶりに山房を訪ねてみると、いつの間にか回復して老師様の許を去った後でした」

宝庵は当時を思い出したのか、ふっとため息をついた。

「あれほど心配していた私に一言もなく去ってしまった旻儒様を、当時は少しばかり恨んだものです。なんと水くさいことかと。友だと思っていたのは私だけだったのかと」

董胡は、宝庵の話でずっと気になっていることを尋ねた。

「友……とおっしゃる割には、宝庵様も『彼の方』『旻儒様』と、ずいぶん他人行儀なお話しぶりではないですか？」

気の置けない友人に対する表現ではないように思う。

「旻儒様とは、いったいどのような身分の方なのでしょうか？」

ずいぶん年下だと言っていたが、どう考えても目上に対する言葉遣いだ。

董胡に尋ねられて、宝庵は自嘲《じちょう》するように微笑んだ。

「さて……。改めて問われてみると、私も旻儒様のことはほとんど知らないのです。麒麟寮で初めて会った時から、旻儒様は謎に包まれていましたから」

そして宝庵は過去を振り返るように訥々《とつとつ》と話し始める。

「私は三十まで麒麟の社《やしろ》で働き、一念発起して医師の免状を取ろうと麒麟寮に入寮しました。それから五年もの歳月を苦学してようやく実習生になり、寮付属の診療所で患者を診ながら、必死の思いで医術を習得していました」

各地の麒麟寮には近くの社で働く神官が入寮してくることも多い。

働きながらだから勉強が進まず、董胡のいた斗宿《としゅく》の麒麟寮にも何年も通い続けている年輩の神官がいた。五年で実習生になれたなら早い方かもしれない。

「そんな頃に、研修生として入寮してきたのが旻儒様でございました。本来、訓練生から始まる麒麟寮ですが、旻儒様は入寮試験の成績が良かったのでしょう。いきなり研修生になり、ほんのひと月ほどで実習生に上がってきました」

「ひと月で実習生に？」

それは董胡のいた麒麟寮でも聞いたことがないほど異例の早さの進級だ。

長年、田舎の治療院で助手をしていた偵徳《ていとく》ですら、三ヵ月ほどは研修生として過ごしていたと聞いた。旻儒には、それ以上の知識があったということなのか。

「旻儒様は入寮当時から非常に目立つ存在でした。若いということもありますが、その人並外れた容姿が目を引いたということもあります」

「美しい方だったのですか？」

朱璃も興味を持ったらしく問いかける。

「ええ。ですが容姿というよりは、醸し出す気品のようなものが格別に人を惹《ひ》きつけたのかもしれません。幼少より、とある方の宮で育てられたと噂に聞きましたが、どこか他の人と違う雅《みやび》な雰囲気をお持ちの方でした。その優雅さゆえに、医生の間ではどなたか高貴な方の落胤《らくいん》ではないかと囁《ささや》かれていました」

「高貴な方の落胤……」

つまり父に認知されないまま秘された庶子ということなのか。

「いえ、これはあくまで医生の間での噂話でして、本人は結局ご自身の素性については何も話してくれませんでした。ですがかなり強い後見があったことは、持ち物や先生方の対応からも想像できます」

かなり強い後見とは……董胡の母・濤麗のことではないのか。

朱雀の三の后宮《きさきぐう》で暮らす皇女・濤麗ならば充分過ぎる後見になったはずだ。

「それらの要素から、医生の間でも一目置かれる存在でした。いえ、医生が何より旻儒様に一目置いていたのは、その比類なき医術の才能でした」

「医術の才能？　それほど優れていたのですか？」

もしかして医生の頃からすでにシャーマンのような力を持っていたとか。

「もともと一を聞けば十を知るような方でございましたので覚えも早く、患者の証を読むのも薬の処方も完璧《かんぺき》で、実習生になって僅《わず》か半年で医師の免状に合格したのです。確か、当時の最年少だったのではないでしょうか」

「半年で……」

つまり入寮してから七カ月で医師試験に合格したことになる。

董胡も実習生になってからは早かったが、麒麟寮に入ってからは三年かかっている。

入寮した年齢が若かったので最年少合格と言われていたが、もし彼がもっと早く入寮していたなら、董胡より若くして合格していたかもしれない。

シャーマンとしての力以前に、あらゆる能力が優れていたのだ。

「医生の間で、旻儒様の進路はどこだろうかと噂しておりました。これほど優秀な医師で強い後見のある方ならば、帝の側近か、それともいずれは大社の祭主かと」

帝の主治医となる内医司は玄武公の推薦が必要だが、優秀な人材で貴族の身分を持つなら、直接帝の側近として取り立てることもありえるだろう。

「けれど、旻儒様は免状を取るとすぐに、育った宮でお仕えすると言って去っていきました。もちろん医生達はなんと勿体《もったい》ないことだと残念がりました。本人が望めば、どのような立身出世も望める才能がおありでしたのに」

それはつまり元の三の后宮、濤麗のところに帰ったということではないのか。

やはりどう考えても白龍のことのように思える。

そして宝庵は悲しげに続けた。

「けれど麒麟寮を去って半年もせぬうちに、旻儒様が病を患って老師様の許に身を寄せているという噂を耳にしました。老師様はちょうどその頃から、麒麟寮の教師をやめてこの近くの山房で隠居生活をされていました。まだ麒麟寮にいた私は、急いで老師様の許に向かいました」

医師になってわずか半年で病を患ったのか。

なんとも不運な話だ。

「そこで会った旻儒様は、麒麟寮にいた頃とずいぶん印象が違っていました」

「印象が違う？　病で痩《や》せ細っていたのですか？」

痛みの強い病は、時に人相をも変えてしまう。だが。

「いいえ。確かに痩せてはいましたが、依然と変わらぬ美しい佇《たたず》まいでした。けれど、何かひどく険のあるというか、何かを憎んでいるというか、いらいらとしていました。もちろん前途有望な若者が、突然の病によって希望を失っていたのなら、運命を恨むような感情になることも分かるのですが……。それにしても、麒麟寮にいた頃はいつも穏やかで、静かに微笑んでおられるような方であったのに……。その変貌《へんぼう》ぶりに驚いたのを覚えています」

人が変わったようになったということか。

けれど卜畋《ぼくいん》の話していた白龍は、穏やかで聡明《そうめい》な方のようだった。

（やはり白龍様ではないのか……）

期待したりがっかりしたり、董胡の内なる感情の起伏が忙《せわ》しい。

「私も医師を目指す医生でしたから、どこが痛いのかと尋ねても放っておいてくれと言うばかりで、老師様も困り果てている様子でした」

「何の病か分からないのですか？　その老師様も？」

まだ医生だった宝庵はまだしも、麒麟寮の教師をしていたなら何か思い当たる症例の一つも出てきそうなものだが。

「老師様は非常に稀《まれ》な奇病だと……。心身を共に蝕《むしば》む難病だとおっしゃいました。老師様もまた見たことのない症例で、打つ手立てはないと言うばかりで」

稀な奇病とは、いったいどんな症状だったのだろうか。

医師として気になる。だがそれよりも今は白龍であるかどうかだ。

「その難病が治って出て行かれたということですか？　いったいどこに？」

「分かりませんが元いた宮ではないかと思っていました。老師様は旻儒様の詳しい事柄については当時から一切教えてくれませんでした。あなた方が訪ねたところで、教えてくれるとは思えませんが……」

それでも董胡は行かねばならないと感じていた。

そこで何も分からなければ、諦《あきら》めて王宮に戻ろう。

「それでも構いませんから、どうかその老師様のところに案内してくれませんか？」

「お願いします。宝庵様」

朱璃も一緒に頭を下げてくれた。

その必死さが伝わったのか、宝庵は渋々案内を承諾してくれたのだった。

三、尊武の黒軍と空丞の黄軍

時は遡《さかのぼ》り、董胡達が老師を訪ねる二日前のことだった。

皇宮の大庭園には夜闇に集う大勢の武官達がいた。

青龍《せいりゅう》への特使団や、后行列の出発と違って、暗闇に紛れた見送りだった。

黒軍と黄軍が列をなして白虎に向かったと知ると、民が何事かと騒ぎ出す。

民の不安を煽《あお》ることのないよう大通りを避けた上で、夜の行軍となる。

「尊武、空丞。そなたらのような重臣に、隠密のごとき行軍をさせてすまぬな」

皇帝・黎司は目の前に拝座する二人の将に詫《わ》びた。

「いいえ。すべては民の平安のため。この空丞、必ずやお后様方を無事に王宮に連れ帰って参ります。お任せください」

空丞は頼もしい言葉と共に応じる。

黎司はその隣の尊武に視線を向けた。

今回は軍を率いるとあって、尊武も武官装束に身を包んでいる。

動きやすいよう脇を縫わない闕腋袍《けってきのほう》の黒衣に、将の証《あかし》となる飾り弓矢を背負っていた。

下襲《したがさね》の上に着付けた、ひだのある松葉色の半臂《はんぴ》が無骨な衣装に粋を添えている。相変わらず何を着ても風雅な男だ。

「この尊武が黒軍を率い、我が妹とその一行をお守り致します。ご安心くださいませ」

本来武官ではないはずの尊武だが、空丞と違《たが》わぬ信頼を感じさせた。

ほんの少し、尊武が羨《うらや》ましいと感じてしまう。

できることなら黎司自身が白虎に向かい、后達と董胡を守りたかった。

こんな時、身動きできず人に任せることしかできない皇帝という立場が恨めしい。


心強い二人の将が点呼を取って出発の準備を整える中、黎司は今朝方の謁見室での話し合いを思い返していた。

部屋には黎司と翠明《すいめい》の他に、空丞と尊武がいた。

軍の出発の前に、マゴイの情報についてお互いに共有するためだった。

太政大臣の孔曹《こうそう》にも、祖父に輿入れしたマゴイの姫君について詳しく聞こうと思ったのだが、残念ながら遠方の社《やしろ》に出掛けていて戻るのは明日とのことだった。

「……というわけで公には知られていないが、マゴイの姫君が先々帝の時代に輿入れしてきたことがあったようだ。当時側近神官であった孔曹に聞けば、さらに詳しいことが分かるかもしれない。もし重大な情報があれば、追って知らせよう」

黎司は祖父の日誌に書かれていた内容を、かいつまんで三人に話した。

「なんと、そのようなことが……。まったく知りませんでした」

空丞は初耳だったらしく驚いている。

「孔曹様は私にも何もおっしゃっていませんでした」

黎司の側近神官として仕える翠明は、孔曹に指南を受けることも多かったはずだが、マゴイの輿入れについては聞かされていなかったようだ。

「尊武。そなたはどうだ？　玄武公からなにか聞いていなかったか？」

黎司は黙ったままの尊武に尋ねた。

空丞のように驚いているわけでもなく、表情からは何も読み取れない。

「そもそも、そなたはなぜ其那國へ行ったのだ？　何か訪ねる理由でもあったのか？」

先だっての外遊で其那國へ行き、言葉も少しなら分かるということだが……。

わざわざ黒軍を率いて行こうとする尊武に、どうしても引っかかるものがあった。

みんなの視線が尊武に集まる。

だが尊武は落ち着いて答えた。

「いえ。私は、本当は其那國のもっと西にある未開の国に行きたかったのでございます。そのために薬材の取引で懇意にしている白虎の商人から、其那國の大貴族を紹介してもらいました。彼《か》の者の持つ隊商が西国と取引をしたことがあると聞きましたので」

「もっと西の未開の国か……」

そんな尊武の冒険心は、分からなくもない。

黎司とて、皇帝などという立場でなければ行って、この目で見てみたい。

「されど天候が悪く、砂嵐が吹き荒れ出発の目途が立たず、しばらく其那國の大貴族の邸宅でお世話になりました。そして言葉を教わり、簡単な会話ならできるようになったのです。しかし通訳もなく、其那國の政情まで詳しく理解するには至りませんでした。まさかここまで深刻な事態になっているとは……。私の力不足をお許しくださいませ」

真摯《しんし》に謝る尊武を責めることはできない。

伍尭國の大使として訪れたのではなく、若者の私的な外遊だったのだ。

「いや。言葉が違うのだから仕方があるまい。気にしなくてよい」

白虎の商人の中には其那國の言葉を理解する者もいるようだが、それとて商談に必要な会話ぐらいで、入り組んだ政治の話まで分かるものは少ないだろう。

数日滞在しただけの尊武が気付けなかったのも無理はない。

「だがマゴイの者を見かけたと言っていたな。どのような状況であったのだ」

先日の殿上会議で尊武が話していたことを、もっと詳しく聞いておきたかった。

「一度だけ其那國の王宮に連れていってもらったことがありました。王宮の中に伍尭國から来た私と話をしてみたいと言う者がいると、招待を受けたのでございます」

「話をしてみたい？」

「はい。それが其那國の神官、マゴイの一族の者でした」

「ではマゴイの者と話をしたのか？」

殿上会議では王宮で見かけた程度の話であったが、直接話をしていたのだ。

「どのような人物なのだ？　噂に聞くような容姿であったのか？」

「はい。銀に輝く硬質な針を思わせるような髪でございました。瞳《ひとみ》は其那國人と同じ紺《こん》碧《ぺき》、そして伍尭國よりも色素の薄い石灰を練り込んだような白い肌をしていました」

やはり噂通りのようだ。

「なぜその話を即位後の謁見の時に話さなかったのだ」

外遊から戻ってすぐに黎司に挨拶《あいさつ》に来た時に、真っ先に話していいような話題だろう。

だが尊武からそんな話を聞いた記憶はない。

尊武は問い詰められて言葉を探しているようだ。

（やはり何か私に言いたくない理由があるのか。いったい何を企《たくら》んでいるのだ）

黎司は疑念を含んだ目で尊武の言葉を待つ。

「実は……」

しばらく逡巡《しゅんじゅん》したあと、尊武はためらうように口を開いた。

「我が父上から先帝がマゴイを毛嫌いしていると聞いておりましたので……」

「先帝が？」

父からマゴイの話など聞いたことはなかったが……。

もっとも、縁の薄い親子であったので黎司が父について知っていることなど僅《わず》かだ。

「陛下も同じように嫌っておられるなら、ご即位早々に不興を買いたくないとマゴイのことに触れずにいたのです。すべては私の浅はかな保身でございました。どうかお許しくださいませ」

何か隠しているように感じたのは、そういうことだったのか……。

「いや、そなたの立場では当然のことだろう。だが、なぜ先帝はそれほどマゴイを嫌っていたのだろうか。玄武公から何か聞いていないか？」

「いえ、私は先帝の前でマゴイの話をするなと言われていただけでございますが、先ほどの陛下のお話から、先帝も先々帝の日誌を読まれていたのではないかと思いました。そして恐怖を感じておられたのではないかと……」

「うむ。なるほど……」

父帝は気弱で病弱で、帝の重責を背負いきれず政治も人任せのような人であったが、即位直後には良き帝を目指して先々帝の日誌を読んでいたのかもしれない。

そしてマゴイの輿入れと先々帝の奇怪な体験を目にして、得体の知れない不気味さを感じて毛嫌いしていたと予想はつく。

警戒のあまり、尊武を疑ってしまったことを申し訳なく思った。

「問い詰めるような言い方をしてすまなかったな。……それで、其那國の王宮でマゴイの者と何を話したのだ。詳しく教えてくれ」

言葉を和らげ、尊武の話に耳を傾ける。

「マゴイの者は、伍尭國の麒麟に興味があるようでした。同じ神官の血筋として、麒麟がどのような力を持つのか聞かれました。どのように暮らし、どのように働いて、皇帝がどのように国を治めているのかなど」

尊武の返答に、空丞と翠明が青ざめる。

「麒麟のことを聞かれたのですか？」

「それで何を話されたのですか？　帝《みかど》のことを話したのですか？」

話した内容によっては、相手を刺激してしまったかもしれない。

皇帝の先読みや麒麟の神通力は、他国にとっては脅威となるだろう。

「いえ。当時は先帝が治めておられる時代で、特に語るような先読みも私は聞いたことがなく、麒麟の神通力も私の周りではほとんど見ることもなく、残念ながら何も知りませんと答えました。彼の者もがっかりしたようです」

それを聞いて、翠明はほっと息を吐いた。

「確かにそうですね。先帝の時代は、最も麒麟の力が弱まっていた治世でしたから」

先帝だけでなく、周りの側近神官にも翠明ほどの力を持つ者はいなかった。

尊武が麒麟の力を見かけなかったのも事実だろう。

「その後、医術の話になり、彼らは伍尭國の生薬にも関心があったようで話が弾みました。そして私は彼らの切開術に興味を持ち、後日実際に見せて頂く機会がありました。ですがそれはマゴイの医師ではなく、金茶色の髪をした其那國の者でした」

「ふむ。そなたはそれを見て、角宿《かくしゅく》で実際に医生を助けたのだったな」

尊武の話はつじつまが合っていて、信用できるものだった。

「しかし、なぜ彼らはそれほど麒麟のことを知りたがったのだろう？」

先々帝への輿入れといい、マゴイが何をしたいのかがよく分からない。

「実は……今にして思えば……という話になりますが……」

尊武は当時を思い起こすようにして続ける。

「伍尭國は素晴らしい、あなたの国のあり方こそが正しいのだと……彼の者は何度も口にしていました。私の国を褒《たた》め称える社交辞令だと当時は思っていたのですが……」

少し言いよどんでから、尊武は告げた。

「麒麟の神官が治める国。それこそが正しい国のあり方なのだと彼は言いたかったのではないかと……」

「！」

黎司は、はっとして眉間《みけん》を寄せる。

「つまり……其那國も神官であるマゴイの一族が治めるべきだと……？」

尊武は肯《うなず》いた。

「はい。彼は五年前にマゴイの血を引く王子が生まれたと。これから其那國は大きく発展するだろうと嬉《うれ》しそうに話していました。私はマゴイが王家の強い後見となって支えていくのだと受け取りました。まさか王家を乗っ取るつもりだったとは……」

「マゴイが其那國の麒麟になるつもりだというのか……」

それで麒麟の皇帝に少しでも近付こうとマゴイの姫を送り込んだということなのか。

考え込む黎司の代わりに翠明が尋ねた。

「マゴイは麒麟のような神通力を持っているのですか？　伍尭國の皇帝は血筋だけで国を治めてきたのではありません。初代創司帝の時代より、国を治めるに足る先読みの力を示して権勢を保持してきたのです」

世代が進むごとに即位式での的当てなどというでっち上げの儀式で誤魔化してきたが、それでもそんな神通力を信じる民によって平安を保ってきたのだ。

けれどもそんな茶番劇も月日を経るうちに威力を失くし、先帝の代ではついに完全なる四公の傀儡《かいらい》にまで落ちぶれてしまっていた。

黎司が先読みの力を覚醒《かくせい》していなければ、今頃どうなっていたか分からない。

神官の血を引く王子が生まれただけで王家を乗っ取れると思ったら大間違いだ。

「神通力については分かりませんが、私が滞在していた大貴族はマゴイを非常に恐れていました。私が王宮に招待されて訪ねる前にも、絶対にマゴイを怒らせないでくれと何度も念を押されました。マゴイの機嫌を損ねると、王の罰を受けるからとずいぶん気を遣っているようでした」

「王ともあろう者がなぜそこまで……」

翠明は言いかけて口を噤《つぐ》んだ。

伍尭國もまた、先帝までは同じ状態だったと言えないだろうか。

玄武公の言いなりで、黎司も即位当初は何一つ言い返すこともできなかった。

其那國もまた、同じようにマゴイに牛耳られているということなのかもしれない。

だが其那國の王は、マゴイの何にそれほど傾倒しているのか。

「白虎の港町には、其那國行きを手配してくれた商人もいるかもしれません。彼を通じてもう少し其那國の内情を調べられればと、すでに早馬を送り百滝の大社に来るように連絡しています」

「なんと、すでにそこまで手配を？　さすが尊武様です」

空丞が尊武の手際の良さに舌を巻いている。

「そこまでの考えがあって白虎行きに志願してくれたのか。そなたの国を思う気持ちはよく分かった。頼りにしているぞ、尊武」

黎司も肯いて感謝を告げる。

「いいえ。臣下として当然のことをしたまでです」

いまだにまったく考えが読めない尊武だが、その行動自体は国を愛し皇帝のために働く誠実な臣下だ。それは黎司も認めている。

ただ、この尊武をできれば董胡に近付けたくない。その気持ちは変わらない。

だが今の状況では、白虎への派遣に尊武ほど最適な者はいないだろう。

身動きの取れない自分を歯がゆく思いつつも、尊武に託す以外ない。

苦渋の選択だが、この尊武を信頼して送り出そうと今朝の話し合いは終了した。

目の前には出発の準備を整えて、馬を引く尊武と空丞の姿があった。

「では陛下、行って参ります」

「行って参ります」

拝礼して颯爽《さっそう》と馬に乗る空丞と尊武を見上げ、黎司は思わず呼び止めた。

「尊武」

「？」

馬上から怪訝《けげん》な顔で見下ろす尊武。

皇帝を馬上から見下ろすような形で話すなど無礼なことだ。

もう一度、馬から下りて話すことがあるのかと尊武は思案しているらしい。

だが構わず黎司は告げた。

「董胡を……必ず私の許《もと》に返してくれ」

「…………」

尊武は無言のまま、怪しむように黎司を見つめる。

ほんの僅《わず》かな時間、黎司と尊武は視線を交わし合った。

いや、睨《にら》み合っていたと言った方が正しいのかもしれない。

今朝の長い話し合いの時間よりも、お互いの本音がぶつかり合った気がした。

相手の思惑を探り合うような時間が流れる。

本当はもっと言いたいことがある。聞きたいことがある。

互いに何かを言おうと、口を開きかけた。

「黄軍、出発！」

だが空丞の声で我に返ったように互いの視線が外れた。

二人は自らの立場を思い出して、言いかけた言葉を呑《の》み込む。

そうして、尊武は馬上から皇帝に言葉を発することを避け、黎司にぺこりと頭を下げて「黒軍、出発！」と声を上げると、軍を率いて行ってしまった。

「…………」

黎司は軍の出発を見送りながら、自問自答していた。

なぜ尊武にあんなことを言ってしまったのか……。

黎司にも分からない。

だが、気付くと尊武を呼び止めていた。

本当は何よりも尊武に言いたかった言葉が、理性のタガを外してこぼれてしまった。

后達《きさき》のことも心配だし、白虎の民のことも心配だが……。

「私が一番恐れているのは董胡を失うことなのか……」

自分でも気付かなかった本音が、抑えきれずに漏れ出てしまった。

「愚かな……。董胡を苦しめることにしかならぬ感情だというのに……」

黎司は首を振り、漏れ出てしまった感情を心の奥深くにしまい込み、二度と出てこぬように封印した。

四、老師の山房

「これは……なかなか険しい山道ですね」

董胡と朱璃は垂れ布のついた蓑笠《みのかさ》を取って、目の前の急勾配《きゅうこうばい》の山を見上げていた。

この先は滅多に人に出会うこともない険しい山道なので、蓑笠は必要ないだろう。

老師の山房は、隠れ庵からすぐ近くの山だったのだが、距離は近くとも勾配が強すぎて、本来人が棲《す》みつくような山ではなかった。

それでも山道らしきものが辛うじてあったため、人の行き来は僅かにあるようだ。

「この山は修験者の住む霊山でして、老師様の住む山房あたりまではまばらに人が住んでいますが、その先は常人が足を踏み入れてはならない神域となっております」

宝庵が先導しながら説明してくれた。

「足場が悪いので踏み外さないように気を付けて歩いてください」

人一人がやっと通れるぐらいの山道は、大小の岩が転がり太い木の根が道を横切り、ヤマフジの蔓《つる》が頭上に垂れ下がっていて歩きにくいことこの上ない。

「私達よりも二人は大丈夫？」

董胡は振り返って尋ねた。

董胡と朱璃の後ろには、其那國のルカとナティアの姉妹もついてきている。

董胡達の話をこっそり聞いていたらしく、自分達も連れて行ってくれと懇願された。

妊婦には厳しい山道だと宝庵が告げても、どうしても行くと言って聞かなかった。

しまいにはルカが泣きながら訴えて、仕方なく連れてくることになったのだ。

ルカはマゴイの子を身ごもった姉のことが心配なのだろう。

姉を助けてくれる医師がいるなら、自分で直接頼みたいと涙ながらに訴えた。

その気持ちは分からなくもない。

「私達は其那國を出てから過酷な旅を乗り越えてきています。この程度の山道など問題ありません。それで流れるような子なら、これほど苦しまなかったことでしょう」

マゴイの子を出産する恐怖に比べたら、険しい山道も平気だと言いたいようだ。

しかし、ナティアは気丈に答えたものの、ルカは少し不安そうだった。

「私と董胡が後ろを歩きますから、二人は先に行ってください」

朱璃は二人が足を滑らせた時に受け止めるつもりなのだろう。

本物の男性より気が利いていて頼りになる。しかも穏やかに微笑む顔が美しい。

ナティアとルカは少し恥ずかしそうに肯《うなず》いて、朱璃に従った。

女と知らなければ、董胡もときめいてしまいそうな相変わらずの色男ぶりだ。

「董胡も前を行きなさい」

「私は大丈夫ですよ」

「いいから私の前を歩きなさい」

朱璃は菫胡も女の子扱いをしてくれるらしい。

実際、体力という面に関しては、舞で鍛えた朱璃の方が菫胡よりずっと優れていた。

斗宿で山菜採りの山登りに慣れていたはずの菫胡だったが、半年余りの姫君暮らしでずいぶん筋力が落ちてしまったようだ。

急勾配の山道で、すぐに息が切れ始めた。

ルカとナティアもさっきは気丈に言い放ったものの、思った以上に険しい山道に四苦八苦している。案内する宝庵ですら、久しぶりの登山で呼吸が乱れていた。

けれどもあまり人の通らない山道は、菫胡にとって山菜の宝庫だ。

「あ！食べごろのコゴミがこんなに！」

コゴミとは草蘇鉄《くさそてつ》の若芽で、先端を巻き込んだ姿が屈《かが》んでいるように見えることからその名がついたと言われている。しっかり先端を巻き込んだ若芽の方が柔らかくて美味《おい》しい。

「こっちにはウドが群生している！　でもちょっと伸びすぎだね」

若芽を摘む者もいなくて、菫胡の背丈ほどに生長してしまっていた。

ウドは根元に近いほど柔らかくて食べやすいのだが、ここまで伸びたら茎が固くなって美味しくない。

「うわ！　これはもしかしてハリギリ？」

ハリギリとは針桐と書いて、若い枝に針のような棘《とげ》があることと、葉が桐に似ていることから名付けられたと言われている。

主に建築材に使われる大木だが、若芽は少し苦みがあるが食べられる。

葉が開くほどアクが強くなるので、まだ開ききってないものが食べ頃だ。

斗宿の裏山にたくさん自生していて、養父でもある卜殷の好物だった。

すっかりいつもの癖で、疲れも忘れて摘んで回った。

「ずいぶん楽しそうですね、董胡」

朱璃に言われてはっと我に返ると、宝庵が汗を拭《ふ》きながら呆《あき》れたようにこちらを見ていた。ナティアとルカも息を整えながら変人を見る目になっている。

(しまった。いつもの癖が出てしまった)

董胡ももちろん息が切れているのだが、薬膳《やくぜん》の材料を前にすると忘れてしまうらしい。

「ご、ごめん。つい懐かしくて」

山菜が豊富にある時季に山に登るのは斗宿以来だった。

朱璃はくすくす笑って面白がっている。

「謝ることはありませんよ。どうせなら楽しく登った方がいい。あなたがあまりに楽しそうなので、こちらの疲れまで吹き飛ぶような気がします」

けれども楽しいのはここまでで、その先は山菜どころではない険しい道に変わった。

崖《がけ》のような大岩をよじ登ったり、濁流の川の飛び石を渡ったり、足をとられて何度もひやりとしながら、ようやく山房が点在する集落に辿《たど》り着いた。

ずいぶん歩いたような気がしたが、木々の隙間から下界を見下ろすと、出発した麓《ふもと》はまだ視界の中に見えていた。

道が険しいだけで、見上げるような霊山の、まだ麓と言ってもいいような位置だった。

「この辺りに山房で暮らすご隠居が何人かいるようですが、この集落より先には行ってはなりません。行こうと思っても道なき断崖《だんがい》ばかりですので、修験者以外はわざわざ登ることもないでしょうが」

宝庵は、照葉樹に埋め尽くされた緑の山々を見上げて呟《つぶや》いた。

常人が足を踏み入れない神域は、目に見えない境界でもあるかのように、別世界に入り込んでしまいそうな空気感があった。

「とにかく老師様の山房に無事到着しました。あちらです」

宝庵が示した山房は、小さな山小屋のような家だった。

竹林に囲まれ、慎《つつ》ましやかな暮らしぶりを感じさせたが、庭には小さな薬草園もあり清潔に整えられている。

「老師様。いらっしゃいますか？」

宝庵は玄関口に進むと、小屋の中に向かって声をかけた。

すぐにぱたぱたと足音が聞こえ、腰板のついた格子戸が開かれた。

そして中からは坊主頭の少年が不安そうな顔を覗《のぞ》かせる。

「どなたでございますか？」

老師の世話をしている小坊主のようだ。

宝庵の後ろに見慣れぬ服装の董胡達と、金茶色の髪をしたナティア達を見つけてぎょっとしている。この山奥で見かけることなど決してない怪しい集団なのだろう。

「昨晩、文を送った宝庵だ。老師様に取り次いでくれ」

「宝庵様……」

小坊主は相手の素性が分かったらしく、ほっとして続けた。

「せっかくお越しいただいたのですが……老師様は具合がお悪くて、臥《ふ》せっておられるのでございます」

「具合がお悪いのか？　ならば私達が診て差し上げよう。こちらは王宮の医官様だ」

「王宮の医官様？」

小坊主は驚いたように董胡と朱璃を見て、すぐに肯いた。

「お願い致します。どうか老師様をお救いください」

招き入れられた山房の中には、小さな土間があり水瓶《みずがめ》や竈《かまど》が並んでいて、簡単な炊事ができるようになっていた。

土間を上がると囲炉裏のある居間があり、その奥にある襖《ふすま》を開くとやせ細った老人が静かに眠っていた。

「老師様。昨日、文をいただいた宝庵様が来られました。王宮の医官様もご一緒のようです。お体を診ていただきましょう」

小坊主が老師のそばに座って声をかけると、皺《しわ》だらけの瞼《まぶた》が微《かす》かに開いた。

「宝庵。宝庵なのか……」

宝庵は老師に呼ばれて、そばに駆けよった。

「老師様。宝庵でございます。これほど衰弱なさっていたとは。なぜ早く知らせて下さらなかったのですか！」

思っていた以上に重病らしい老師に青ざめている。

「私は……もう長くはない。……充分生きた。そなたの手を煩わせる必要はない」

囁《ささや》くような弱々しい声が答えた。

「そのようなことをおっしゃらないで下さい。まだまだ生きて私を導いて下さいませ！薬を煎《せん》じましょう。王宮の医官様達も一緒に来ているのです」

「王宮の……？」

老師はようやく董胡達の存在に気付いたのか、ゆっくりと顔をこちらに向けた。

「もしかして……昨晩、文に書いていた旻儒様に会いたいという方達か」

董胡は急いで宝庵の隣に座って挨拶《あいさつ》をする。

「はい。医官の董胡と申します。その旻儒様は私の知っている方かもしれないのです」

「旻儒様が？」

だがすぐに宝庵に話した時と同じように首を振った。

「いや……あの方はずいぶん昔に地界との縁を断ち切って山に入られた。あなたのような若者の知り合いはいないでしょう」

「私が生まれたばかりの頃の話でございます。旻儒様は、もしや白龍様と呼ばれていませんでしたか？」

「白龍……？」

老師は聞き返して、そして首を振った。

「私は旻儒様という名しか知りません。人違いでしょう」

だが董胡もここまできて、それで引き下がるわけにはいかない。

「では髪の色は？」

「髪の色？」

老師はふいに大きく目を見開いた。

「もしかして……旻儒様は病のあと、白髪になったのではありませんか？」

「…………」

見開いた目でじっと董胡を見つめたあと、老師は安堵《あんど》したように息を吐いた。

「いいえ。病にはずいぶん苦しんでいらっしゃいましたが、白髪になどなっていません」

「白髪じゃない……」

董胡は期待がみるみるしぼんでいくのを感じていた。

（では、やっぱり白龍様ではないのか。ここまで来たのに……）

だが、まだだ。

濤麗の許《もと》に戻ってから白髪になった可能性もある。

「では旻儒様の身元を教えて下さい！」

董胡はしつこく尋ねた。

「それは……私が勝手に話していいことではありません。申し訳ありませんが……」

「朱雀！　朱雀の后宮《ききゅう》にいらした皇女様が後見だったのではありませんか？」

「！」

かぶせるように尋ねる董胡の言葉に、老師は再び目を見開いた。

驚いたように董胡を見つめ、慌てて目を逸《そ》らした。

（やっぱりそうだ！　濤麗の後見のもと、麒麟寮に入寮してきたんだ）

「老師様！　教えて下さい！　旻儒様のことを！」

「わ、私は何も知らない。話せることなど何もない！」

「どんな小さなことでもいいのです！　私にとっては重要なことなのです！」

「し、知らん！　私は何も……ごほっ……うっ……ごほごほっ……」

老師は慌てたせいか、咳込《せき》んで苦しそうに体を縮めた。

「ち、ちょっと！　医官様！　具合のお悪い老師様に無理をさせないで下さい！　お体を診て下さると言うから案内しましたのに！」

小坊主が老師の背をさすりながら、董胡を睨《にら》みつけた。

「ご、ごめん。そうだね。まずは診察して薬湯を飲んでいただこう」

焦っていたとはいえ、病人に無理をさせてしまったことを董胡は反省した。

そして脈をはかり、体の状態を確認する。

脈は弱く、息は浅く、やせ細っていて栄養状態も悪い。

五臓六腑《ごぞうろっぷ》すべてが弱り、食事もほとんど受け付けないのだろう。

(気血両虚の状態だ)

若者であれば原因となる病を探すことになるが、老師の場合は普通に老衰だろう。

治すというより、少しでも気血を上げて延命するための処方となる。

(十全大補湯《じゅうぜんたいほとう》か……。いや胃腸の負担が少ない人参養栄湯《にんじんようえいとう》の方がいいか……)

ただ問題がある。

「薬籠《やくろう》を隠れ庵に置いてきてしまったのですが、こちらに生薬は置いていますか？」

足場の悪い登山と聞いて、薬籠は持ってこなかったのだ。

「それなら老師様の薬籠があります。集落に病人が出れば老師様が診ていましたので」

良かった。年老いていても、元は麒麟寮の教師だったのだ。一揃いの生薬はあるようだ。庭に薬草園があったことから、ある程度揃えているだろうと思っていた。だが。

「貴重な生薬を死期の近い私に使わなくともよい。自分の寿命ぐらい分かっている」

老師は医師として自分の状態をよく分かっているのだろう。

「そんなことを言わないでください、老師様」

宝庵が困ったように告げる。

「そうですよ。老師様がいなくなったら、集落に病人が出た時どうすればいいのですか。修験者だって老師様を頼りにしているのですから」

小坊主が泣きそうな顔で懇願している。

この霊山に暮らす修験者達の病や怪我も、この老師が診ていたらしい。

「すみませんが薬籠を見せていただきますよ」

菫胡は断ってから、小坊主に案内されて薬籠を確認し、囲炉裏で煎じることにした。

「当帰《とうき》、地黄《じおう》、白朮《びゃくじゅつ》。それから茯苓《ぶくりょう》、芍薬《しゃくやく》、陳皮《ちんぴ》……。すごいね。全部揃っている」

足りないものは省いて煎じようと思ったが、必要な生薬はきちんと揃っていた。

でも肝心のものがない。

「ただ人参がないね」

自分の薬籠を持ってくれば良かったと後悔した。

(こんな山奥では手に入らないか……)

菫胡の薬籠ならば人参よりも、もっと貴重な斗宿原産の冬虫夏茸《とうちゅうかたけ》も入っていたのに。

「人参とはこれのことですか?」

考え込む菫胡に、小坊主が炊事場から持ってきた籠《かご》を見せた。

「な!」

そこには信じられないことに人参が山盛りになっていた。

「す、すごい！　見事な人参だ！　王宮でもこれほど質のいい人参は見たことがない。こ、これ、どうしたの？」

思わぬお宝の山に声が上ずる。

王宮ですら痩《や》せた人参一本をもらうだけでも気を遣うぐらいなのに、まるで山芋のごとく無造作に籠に入っている。

「山にいっぱいあるらしいんだ。修験者達が時々届けてくれるんだ」

「や、山に……？」

行ってみたい。

「だめだよ。山には修験者しか入っちゃいけないんだよ」

知らぬ間に声に出ていたらしい。

「と、とにかく良かったよ。これで良い人参養栄湯が作れそうだ」

「これはそんなに良いものなの？　老師様はご自分のためには使われないのだけれど」

こんなにたくさんあるのに、年老いた自分に使うのはもったいないと思っているのかもしれない。あるいは気が落ちて、生きる活力すらなくなっているのだろうか。

「老師様に少しでも長生きして欲しいなら、この人参を少しでいいからすり潰《つぶ》して粥《かゆ》に混ぜて食べさせるといいよ。毎日食べていれば気力も戻ってくるかもしれない」

董胡は老師に聞こえないように小声で囁《ささや》いた。

老いと共に臓腑《ぞうふ》が衰えてしまうことは仕方がないが、気力さえあれば死期を延ばすことはできる。むしろ逆に気が衰えてしまったら、まだ元気だった臓腑は一気に衰えていく。気を高めることが一番の延命になるのだ。

「ほ、本当に？　じゃあ、僕が毎日人参粥を作るよ」

「じゃあ、すり潰し方を教えるから見ていて」

董胡はそばにあった薬研《やげん》を取り出して、小坊主に伝授した。

この見事な人参があれば、いましばらく命の火は消えないだろう。

そうして董胡が薬湯を煎《せん》じている間、ルカとナティアが老師と話をしていた。

人里離れた山房では、其那國の政変など知るはずもなく、二人の話に老師はずいぶん驚いて同情しているようだった。

「気の毒なことだ。それで旲儒様に会いたいと言っていたのか」

ナティアの異常な懐妊の話を聞いて、老師も戸惑っている。

旲儒に会いたいだけの董胡と違って、ナティアは母子の命がかかっているのだ。

「できることなら……私も助けてあげたいが……」

さっきまでの頑《かたく》なさが薄れているように感じる。

「旲儒様はこちらにも長らくおいでになっていないようですね」

「うむ。ここに現れることがあれば伝えてみるが、あなたの出産に間に合うかどうか」

ナティアは悲しげに目を伏せた。

「そんなの嫌だ！　私が山に登って旻儒様を捜してきます！」

ルカは諦《あきら》めきれないように叫んだ。

「お嬢さんのような人が登れるような山ではない。それに霊山は女人禁制なのです」

「そんな！」

修験者の暮らす霊山は女人禁制のところが多い。

菫胡も旻儒を捜しに登ることはできないのだ。

（白龍様に近付いたと思ったのに……。やはり会うことはできそうにないな……）

ここまできて残念だが仕方がない。

菫胡は出来上がった薬湯を持って老師の枕元に座った。

「老師様。薬湯が出来ました。どうか飲んで下さい」

「少し体を起こしますね」

朱璃が老師の体を支えてくれた。

薬湯を差し出され、老師は観念したように受け取る。

「やれやれ。もう今生ですべきことは終えたと迎えを待つばかりだったというのに……」

老師は誰にも知らせず、このまま静かに命を終えようと思っていたのだろう。

「天はまだ私に仕事をさせるつもりか……」

愚痴のように呟《つぶや》きながら、薬湯を一口飲む。

「見事な人参養栄湯だ。そなたは煎じるのが巧《うま》いな」

一口飲んだだけで人参養栄湯だと分かったようだ。さすが麒麟寮の教師をしていただけある。

「こんな薬湯を飲んでしまっては、まだ一年は死ねそうにない」

半ば諦めたように言って、薬湯を飲み干した。

「一年……」

ナティアがはっと顔を上げる。

「あなたの出産を見届けるまで、どうやら私は死なせてもらえないらしい」

老師はふっと微笑んだ。

その顔にはみるみる赤みがさして、活力が戻っている。

人参養栄湯の効果というよりは、ナティアの話を聞いて放っておけなくなったのだろう。その思いが生きる活力を与えてくれた。

病は気からと言うが、目に見えぬ気というものには医術を超えた不思議な力がある。

それを目の当たりにした気分だった。

そして老師は一息つくと、思わぬことを言い放った。

「もしかして……旻儒様に会えるかもしれぬぞ」

「え!?」

その場の全員が声を上げて老師を見つめた。

「旻儒様の居場所を知っているのですか？」

「いや、神域である霊山に居場所など……有って無いようなものだ」

「ではどうやって……」

居場所が分かったところで、女人である董胡やナティア達は捜すこともできない。

「捜す必要はない。生きておられれば、きっと現れる」

「現れる？　ここに？」

「でも三年もおいでになっていないのですよね？」

そんな人が、たまたま今日やって来るとは思えない。

しかし老師は告げる。

「三年前に旻儒様が現れた時、私は熱病にかかり死の淵《ふち》を彷徨《さまよ》っていました」

「死の淵を？」

老師は肯《うなず》いて続けた。

「そう。あの不思議な方は、霊山の奥深くに住まいながら、山房に暮らす私の異変を感じ取ることができるのです」

「まさか……」

「旻儒様がここに現れる時は、いつも私の体調がすぐれぬ時なのです。もしも旻儒様が生きていらっしゃるなら、死を待つばかりだった私に気付いているはずです」

「では霊山を下りてここに向かっておられると？」

「なんの因果か宝庵が手紙を寄越した時、私は今生の終わりを感じていました。生きておられるなら最後に旻儒様に会いたいものだと期待半分に念じてみたのです。ですが何の音沙汰《おとさた》もなく、旻儒様の代わりに宝庵が訪ねてきた。宝庵に看取られて死に逝くことになるのだと思ったのだが……。すべては神の采配《さいはい》だったようです」

「神の采配？　旻儒様がここに現れるというのですか？」

老師は微笑んで戸口を見つめた。

「この老いぼれも鬼籍に僅《わず》かばかり足を踏み入れたせいか、神通力のようなものを感じるようになったようです。彼《か》の方の気配がどんどん強くなり……もうそこに……」

菫胡達は老師の視線を追って、戸口に目をやる。

すると戸口が音もなくするすると開いた。

そして、昼の日差しが眩《まばゆ》いほどに部屋の中を照らし……人の輪郭が見えた。

まるで後光を背負ったように輝く光の中に立っている。

それが待ち望んでいた旻儒だった。

五、尊武の行軍

黄軍と黒軍が王宮を出発して二日が過ぎていた。

夜の内に街を抜け、人通りの少ない森を進む行軍は昼夜に及び、すでに后達のいる昴《ぼう》宿《しゅく》に近付いていた。

しかしこの先は百滝の大社を中心にした人気の観光地となるため、再び人目につかない夜を待って森の中で休息をとっていた。

小さな一人用天幕で休む尊武の前には、野営食の芋粥《いもがゆ》と干し肉が並んでいる。

食事を運んできた軍兵は、「これだけか？」と尊武に睨《にら》まれて震えあがり、「な、何か探してまいります！」と答えて逃げるように出ていった。

「ふん。野営の食事とはいえ酷《ひど》すぎるな。王宮に戻ったら改善を要請しよう」

夜通しの行軍の間は、小休憩の合間にとる握り飯や芋団子なのは仕方ないと思っていたが、天幕を張って滞在する食事までこれでは気持ちが萎《な》える。

（あいつがここにいたらな……）

ふと思い浮かべるのは、董胡の作る料理の数々だ。

同じ芋粥でももっと美味《おい》しく仕上げるだろう。

少ない食材を工夫して、尊武の口に合う料理を作ってくれるはずだ。

（ふん。忌々しい）

気付けば董胡の料理を欲している自分が腹立たしい。

王宮の名だたる料理人が作ったものを食べている時でさえ、董胡の料理を恋しがっている自分がいる。それが屈辱だった。

（あんな子猿の料理を恋しがるなど……）

何ものにも執着せず、誰にも束縛されない人間だと思っていたのに。

董胡の作る料理にだけ、やたらに固執している自分にいらいらする。

（料理が気に入っているだけだ。子猿本人などどうでもいい）

けれどもお気に入りの料理の数々は、董胡なくして得られない。

それゆえ必然的に董胡に執着することになってしまう。それが腹立たしいのだ。

なぜ面倒な昴宿行きをわざわざ志願したのか。

もちろん皇帝の信頼をさらに高め、王宮で確固たる立場を得るため。

そして其那國のマゴイの目的を探るためだ。

しかしほんの僅か……。

自分でも気付かぬほど僅かに……董胡のことが頭の中をよぎらなかったか。

否定しても否定しても心の隅に芽吹く、久しく忘れていた感情。それは。

「恐怖か……」

もう長い間忘れていた愚かな情動。

口に出して、すぐに否定する。

「馬鹿な。あの子猿を失うことを恐れているというのか。この私が……」

いや、董胡を失うことではない。断じて違う。

董胡の作る料理を永遠に食べられなくなることを恐れているのだ。

そして自分と同じように恐れている者がいる。

「帝《みかど》……」

なぜ馬上の尊武を呼び止めてまであんなことを言ったのか。

――董胡を……必ず私の許《もと》に返してくれ――

帝は董胡を失うことを何より恐れているのだ。

自分と同じように……。

帝は董胡が男だと思っているはずだ。恋慕の想いからではない。

ならばやはり董胡の料理に執着しているのだろう。

「いったいなんなのだ。あの子猿は……」

自分に思わぬ感情を思い出させた董胡が、忌々しくて仕方がない。

それなのに、その忌々しさ以上に失うことを恐れている。

「くそ……。昴宿で会ったら、今度こそ尻《しり》を蹴《け》っ飛ばしてやる」

そう呟《つぶや》いて、固い干し肉を噛《か》みちぎった。

しばらくして戻ってきた軍兵は震えながら籠《かご》いっぱいの李《すもも》を差し出した。

「も、森の中に李がなっていたようで、お持ちしてはどうかと軍士様が……」

尊武は、まだ少し青い李を一つ手に取り齧《かじ》る。そして顔を顰《しか》めた。

「酸っぱい……」

鬼のような顔で睨まれ、軍兵は「ひ、ひいい。申し訳ございません」とひれ伏した。

尊武が恐ろしい男だという噂は、すでに黒軍の中でも広まっているらしい。

さらに食べ物にうるさいというのも周知の事実なのだろう。

このまま斬り捨てられるのではないかという怯《おび》えようだ。

だが、尊武とて李が酸っぱいからと斬り捨てるほど非情ではない。

「もうよい。下がれ」

「は、はい。ありがとうございます」

命拾いした軍兵は礼を言って半泣きになりながら出ていった。

そして転がるように出ていく軍兵を見送るようにして、空丞が顔を出した。

「尊武様、少しよろしいでしょうか？」

「なんだ？　入れ」

尊武は味気ない芋粥を食べながら答えた。

「先ほど、昴宿に潜む麒麟の密偵と連絡が取れました。そして新たな情報が伝えられました」

董胡達が其那國の姉妹から聞いた情報だった。

「すでに王宮にも早馬の情報が届いているだろうとのことですが……」

森の中を進んできた尊武達とは行き違いになってしまったようだ。

「董胡殿が密偵の一人を連れて其那國の姉妹と接触したようでございます。さすが董胡殿でございます。数々の有益な情報を摑《つか》んでくれました」

空丞は素直に感心している。

しかし尊武はため息をついて呟いた。

「あの馬鹿は……。またちょろちょろ動いているのか……」

「え？」

空丞が聞き返すと、尊武は「なんでもない」と口を噤《つぐ》んだ。

「それで？　有益な情報とは？」

そこで空丞はかいつまんで今聞いたばかりの驚くべき情報を伝えた。

マゴイの一族の歴史。その特質。さらに十五カ月児という恐ろしい存在。

「本当にそのような赤子が存在するのか……。俄《にわ》かに信じられない話ばかりです」

いつも冷静な空丞が、珍しく青ざめていた。

「それに……人心を支配するとは……。そんなことが本当に出来るのでしょうか？」

動揺する空丞とは反対に、尊武は少しも驚いた様子はない。

「僅《わず》かな時間でよくそこまで調べられたな。通訳でもいたのか？」

情報の内容よりも、そこが気になっていた。

「通訳というか、其那國の姉妹は伍尭國の言葉が堪能《たんのう》だったようです」

「伍尭國の言葉が？」

尊武は怪しむように聞き返した。

「商人や外交官でもない限り、伍尭國の言葉を覚える必要もないだろう。まして女で五尭國の言葉を習得する必要があるのは……」

言いかけて、尊武は考え込んだ。

「尊武様？」

問いかける空丞には答えず、尊武は「なるほどな」とだけ呟いた。

「何か気付いたことがあるのですか？」

「いや、ともかくそなたの話からするとマゴイが狙っているのは麒麟の血筋の姫君なのだろう？　ならばさほど心配する必要はないだろう」

尊武は呑気《のんき》に答えた。

「私はお后《きさき》様方の系譜を詳しくは存じませんが、玄武のお后様……尊武様の妹君も麒麟のお血筋ではないのでございますね？」

空丞は確認するように尋ねた。

后一行の中に麒麟の血筋の姫君がいるかどうかで、危険度はかなり変わってくる。

「ああ。我が妹は麒麟などでは……」

言いかけた尊武だったが、ふと言葉を途切れさせた。

偽物の鼓濤であれば、どこの馬の骨かも分からない。当然麒麟などではない。

だが、もしも本当の鼓濤ならば……。

（確か鼓濤の母・濤麗は麒麟の皇女だったな……）

本物の鼓濤であれば、かなり濃い血筋の麒麟だ。

マゴイが何より欲しがる姫君だと言っていい。だが……。

（いや、まさかな。あの子猿が本物の鼓濤であるはずがない）

青龍では長く一緒に過ごしたが、麒麟の力を感じさせるものなど何もなかった。

尊武は肩をすくめて答えた。

「我が妹は麒麟の姫君などではない。心配無用だ」

それを聞いて、空丞はほっと胸を撫《な》でおろした。

「それを聞いて安心致しました。されど充分な備えをして、お后様方を無事に王宮に連れ帰りましょう」

「ああ。明日の明け方には百滝の大社に着くだろう」

帰り道は后行列を伴って大通りを進むことになる。

森の中を抜ける行進よりはずいぶん楽になるだろう。

将である尊武と空丞にはちゃんとした宿も用意されるはずだ。
(やれやれ。まずい食事もあと少しの辛抱だ)
なんなら董胡を呼びつけて、食事を作らせようとほくそ笑む。
それにしても……。
報告を済ませた空丞が出て行った天幕の中で、尊武は呟いた。
「ついに……ユラ・マゴイが動き出したか……」
王宮で黎司に告げた其那國滞在の話は、ほぼ事実だが僅かに嘘が紛れている。
嘘というより、あえて伝えなかったことだ。
其那國の王宮で謁見したのはユラ・マゴイという男で、伍尭國の言葉に堪能だった。
尊武自身も、黎司に伝えていた以上に其那國の言葉を理解している。
言葉の壁などなかった。
ユラ・マゴイがどのような男で、何を望んでいるのか。
董胡が聞き出したマゴイの情報のほとんどを、尊武はすでに知っていた。
だがそれを知っていて今まで話さなかったなどと言えるはずもない。
だから言葉が理解できなかったということにした。
「だがまさかこんなに早く動き出すとはな……」
少し面白がるようなその顔は、何かを企《たくら》むように不敵に微笑んでいた。

六、山房の薬膳《やくぜん》料理

山房に現れた旻儒は不思議な人だった。

修験者のような山歩きしやすい白装束だが、頭は尼頭巾《ずきん》のようなもので覆っている。髪色を確かめたいが、髪があるのかないのかすら分からなかった。

そして長年山に籠《こも》っていたなら薄汚れていそうなのに、無精ひげ一つ生やさず、清潔で洗練された雰囲気を持っていた。

さらに外の明るい日差しを背負って現れたせいなのか、今にも景色の中に透けてしまいそうなほど線が薄い。董胡は目をこすって本当に実体があるのか確かめたぐらいだ。

それに盲目だという話だったが、静かに開いた瞳《ひとみ》はまるで見えているかのように思えた。犀爬が盲目だと気付かなかったと言っていた気持ちが分かる。

そして貴人の落胤《らくいん》だと噂されていたという宝庵の言葉も納得した。

ただ立っているだけで、常人にはない気品のようなものを感じる。

「死を思わせる念を感じましたが……ずいぶんお元気そうで安心致しました。老師様」

中性的な響きを持つ優しい声が響く。

その声を聞くだけで全身が癒《いや》されるような不思議な声音だった。

「お元気でおられたのですね。旻儒様」

老師は嬉《うれ》しそうに答えた。

「老師様と同じく……まだやらねばならぬ使命があるようです。神はいつまで私を酷使するおつもりなのか……」

穏やかに微笑んでから、まるで見えているかのようにナティアに視線を向けた。

「私に用があるのはお嬢さんのようですね」

まるで何もかもを分かっているかのように告げる。

「は、はい！」

ナティアは緊張しながら答えた。

「話を伺いましょう。けれど、その前に……」

旻儒は目を閉じて懐かしむように息を大きく吸い込んだ。

「すみませんが簡単なものでいいので、誰か私に食事を作ってくれませんか？」

「食事？」

朱璃が怪訝《けげん》な顔で聞き返した。

「ええ。どうにも久しぶりの下界ゆえ、ふわふわと宙を歩いているように落ち着かないのです。地の物を体に取り入れて、この身をここに留《とど》めねばなりません」

「…………」

奇妙な話だが、この旻儒が言うと本当のような気がした。

足は一応地面についているが、浮いているかのような軽やかさを感じる。

このまま光となって大気の中に消えてしまいそうな希薄さがあった。

「わ、私がお作りします！」

董胡は慌てて手を挙げた。

手を挙げてももちろん見えていないのだろうが、声で位置を確認したのかこちらに振り向いた。

旻儒が董胡をじっと見ている。目が見えている人よりも強い視線を感じた。

「あなたは……」

「と、董胡といいます。玄武のお后様の専属薬膳師をしております！」

「…………」

旻儒はまだ董胡を見つめたまま首を傾げた。

玄武のお后様と聞いて何か気付いただろうか。

白龍であるなら、それが濤麗の娘である可能性も考えるはずだ。

けれども旻儒はにこりと微笑んで答えた。

「……董胡殿。あなたが作ってくれるのですか。ありがとうございます」

（何も気付かない？）

やはり白龍ではないのか。

「は、はい。すぐにお作りしますので、お待ちくださいませ」

董胡は少しがっかりしながらも、料理を作ることにした。

小坊主に置いてある食材を見せてもらうと、米と芋が豊富にあった。

これら主食と、それから……。

「ウドがあるね！　食べ頃のいいウドだ！」

麓《ふもと》近くで見たウドより若く充実して、香りの高い良質なものだ。

「このウドと、途中で私が摘んできたコゴミとハリギリを使って何かできるかな」

ハリギリはくせが強く好き嫌いが分かれる食材ではあるけれど……。

董胡は老師の枕元でナティア達と話している旻儒をじっと見つめた。

（色が薄いけれど、綺麗《きれい》に五色の光を放っている）

董胡の特別な目には、老成した均等な色が見えていた。

色が薄いのは食欲というものがほとんど無いからだろう。

拒食の人は拒絶するように色を発しないが、旻儒の場合はもっと柔軟で、食欲というものを超越した色の発し方のように感じる。

（霊山に籠ると、人はこのようになるのだろうか）

ともかく味に好き嫌いのない人のようだ。

（苦みの強いハリギリでも大丈夫だろう。先にアク抜きをしておこう）

頭の中で料理を組み立てながら、董胡はさっそく調理に取り掛かった。

「お待たせしました。お口に合うか分かりませんが旬の山菜を使った膳《ぜん》を用意しました」

盆に載せて持っていくと、旻儒は微笑みかけるように目を細めた。

「いい匂いがしますね。これはウドの香りですね。私の大好物です」

目が見えない分、匂いに敏感なのだろう。

「ではこちらのウドの雑炊からお召し上がりください」

胃腑《いふ》に優しい雑炊に、短冊に切ったウドを入れ、棚にあった味噌《みそ》で味付けした。

董胡は椀《わん》に取り分けた雑炊と匙《さじ》を、目の見えない旻儒の手に持たせてあげた。

「ありがとうございます」

旻儒は椀を受け取ると、香りを嗅《か》いでから懐かしむように匙を口に運んだ。

そしてゆっくり味わうように噛《か》みしめている。ウドがサクサクと咀嚼《そしやく》音を奏でる。

「温かい食事は久しぶりですが、雑炊とはこんなに美味《おい》しいものでしたか？」

感動したようにもう一口食べて、ほうっとため息をついた。

「美味しいですね。今まで食べた中でも一番美味しい雑炊です」

そんなことを言われて董胡は一気に舞い上がった。

「あ、ありがとうございます！」

料理を褒められることは董胡にとって一番嬉しいことだ。

「ウドは生薬名を独活《どくかつ》といい、解熱、鎮痛などに用いることができます。薬膳では疲労回復や、冷えや肩こりの改善が期待できます」

ついいつものように薬膳の蘊蓄《うんちく》を言いたくなる。

『ウドの大木』という言葉がありますが、ウドは大きくなり過ぎると食用には向かず、かといって材木に使うほどの強度もないため、体ばかり大きくなって役に立たない人を喩《たと》えて使われるようになったのです」

生き生きと語る董胡に、旻儒はにこにこと肯《うなず》いた。

「なるほど。ウドの大木という言葉には、そんな意味があったのですね。まさかこんな山の中で、こんな話を聞いて、これほどの料理を食べられるとは思っていませんでした。こちらこそありがとうございます」

(いい人だ。間違いなくいい人だ)

董胡にとって料理を褒めてくれる人は、それだけで好感度が爆上がりしてしまう。

「こちらのコゴミの芋和《あ》えも食べてみて下さい！」

芋を蒸《ふ》かして潰《つぶ》し、ゆでたコゴミをすり潰したものと混ぜて塩味をつけている。

旻儒は小皿を受け取ると、見えないながらも器用に箸《はし》ですくって口に入れる。

しばらく味わっていた旻儒だったが、深く肯いて口を開いた。

「少しぬめりのあるコゴミと、ほくほくした芋が絶妙に口の中に広がりますね。素朴な塩味がまたとてもいい。美味しいですね」

旻儒は、董胡が欲しい通りの感想をくれる人だった。

「良かったら、こちらのお浸しもどうぞ」

董胡はハリギリのお浸しの小皿を旻儒の手に差し出した。

ハリギリはタラの芽と同じウコギ科の植物だが、アクが強くあまり食べる人はいない。

けれどしっかりアク抜きすれば、風味が豊かでくせになる苦みがある。

苦手な人もいるが、卜殷のように病みつきになる者もいる通好みの山菜だ。

ハカマの部分を取り除き、下茹《したゆ》でしてなるべく長時間水にさらしてしっかりアクを抜く。葉を摘む時季だけ間違えなければ、程よい苦みのお浸しができる。

胡麻《ごま》と味噌を少しだけ加えて味付けしている。

「これは……何でしょうか？」

旻儒は香りを嗅いで首を傾げながらぱくりと頬張った。

「うっ。これは……」

すぐに口を押さえた旻儒を見てひやりとした。

（しまった。やっぱりハリギリは苦過ぎたか）

卜殷が好きだったからといって、さすがに初めて会う人には冒険が過ぎる食材だった。

後悔しかけた董胡だったが……。

「ハリギリですね！　私が一番好きな山菜です。この苦いえぐみがたまらないですね」

旻儒は嬉《うれ》しそうに苦みを噛みしめている。

「は、はい！　私の養父が大好きな山菜だったのです」

良かった。昊儒はハリギリの美味しさを分かる人だった。

あと何口か味わっていた昊儒だったが、長年粗食で過ごしてきた胃腑はすぐに満腹になってしまったらしく、「ごちそうさまでした」と箸を置いた。

「私はもう充分頂きましたので、あとは皆さんで召し上がってみて下さい。私一人で食べるにはもったいないご馳走《ちそう》ですよ」

昊儒が食べる様子を羨《うらや》ましそうに見ていた面々は遠慮がちに顔を見合わせた。

「ぼ、僕も食べていいですか？」

真っ先に声を上げたのは小坊主だった。

山暮らしで同じようなものばかり食べていて飽き飽きしていたのだろう。

「多めに作っているので少しずつですが、良かったら皆さんでどうぞ」

董胡は肯いて答えた。

「ありがとうございます！　取り分けて持ってきます！」

「私達もお手伝い致します」

小坊主に続いて、ナティアとルカも嬉しそうに立ち上がった。

其那國の二人も伍尭國の薬膳《やくぜん》料理が気になるらしい。

昊儒と会えて相談できたからか、さっきまでよりずいぶん明るくなった。

「さて、宝庵殿。其那國のお二人の話は分かりました」

昊儒は土間の二人に聞こえぬぐらいの小声で宝庵に向かって告げた。

すでに董胡が料理を作っている間に、二人の話は聞き終えたようだ。

「けれど長く医術から離れていた私にどこまでできるのか。正直自信はありません」

この仙人のような昊儒でも、さすがに十五ヵ月児という稀有《けう》な出産に確実なことは言えないようだ。

「ですが、やれるだけのことはやってみましょう」

「あ、ありがとうございます。昊儒様」

宝庵がほっとしたように息を吐いた。

「今後の経過を診るためにも、其那國のお二人はこのまま出産までここに滞在された方がいいでしょう。妊婦がこの険しい山を行き来するのは危険です」

土間で料理を取り分けているナティアは、まだほとんどお腹の膨らみも分からないが、妊娠月数から考えると本来山登りなどできる時期ではない。

来る時の崖《がけ》のような大岩は、上りよりも下りの方がお腹への負担は大きいだろう。

昊儒が診てくれるなら、確かにこのままここに居た方が安全に違いない。

「は、はい。ナティア達には私から話してみましょう」

そして確認するように、昊儒は老師に尋ねた。

「それでもよろしいですか？　老師様」

「ええ。このようなむさくるしい所で良ければ、人生最後の大仕事をお引き受け致しましょう」

老師も其那國の姉妹のために、まだ死ぬ時期ではないと覚悟を決めたようだ。

良かった。

これでナティアに僅《わず》かな希望ができた。

一件落着すると、旻儒は再び董胡に顔を向けた。

「董胡殿の料理のおかげで、ようやく地に体がなじんできたようです」

見ると、さっきまで薄かった五色の光が、しっかりと色づいている。

（この一瞬でこれほど色みが変わるなんて。食欲が戻ってきて体が地に根付いたということなのだろうか）

つくづく不思議な人だった。

これほど急激に色が変わる人は見たことがない。

「人が肉体を持って生きるためには、欲と執着は切り離せないものなのです」

「え？」

まるで董胡の心を読んでいたかのように旻儒は答えた。

「食べること、眠ること、子孫を残すこと。これらの欲と執着が、人類が肉体を持って生きることに不可欠なのです。それらを僅かにでも残してなければ人の魂は肉体を離れ、その肉体もやがて土に還《かえ》ってしまうことでしょう」

霊山にいる修験者達は、その欲と執着を極限まで減らして暮らしているということか。

「ということで……次はあなたの話をお聞きしましょうか」

「え？」

董胡は驚いて旻儒を見つめた。

「私に聞きたいことがあるのでしょう？」

まるで最初から知っていたように言う。

「は、はい！　私は……」

言いかけた董胡を遮るように、旻儒は口元に人差し指を立てた。

「二人きりで話した方が良いでしょう」

誰にも聞かれてはならない話なのだと、すでに気付いている。

「え？　では旻儒様は本当に董胡殿とお知り合いなのですか？」

宝庵は驚いたように尋ねた。

「旻儒様がこのように若い王宮医官殿とどこで？」

老師も思いがけない旻儒の言葉に驚いている。

二人共、旻儒と知り合いかもしれないという董胡の言葉をまったく信じていなかった。

そんな董胡と二人きりで話すということは……。

（やはり旻儒様は……）

董胡の鼓動が思い出したように激しく脈打つ。

「奥の部屋を貸して頂けますか、老師様？」

晏儒は宝庵と老師の質問に答えぬままに尋ねた。

「も、もちろん構いませんが、董胡殿はいったいあなたとどのような……」

其那國の政変と十五ヵ月児の妊娠という重大な秘密をここにいる全員で共有し合ったというのに、そんな自分達にも話せないようなことがあるのだろうかと訝《いぶか》しむ。

「私もご一緒させて頂けますか？」

今まで黙ってみんなの話を俯瞰《ふかん》して聞いていた朱璃が突然声を上げた。

晏儒は声のする方に顔を向け、静かに首を振った。

「董胡殿と二人きりで。皆様はここで董胡殿の料理を召し上がっていて下さい」

柔軟で穏やかな晏儒が、きっぱりとした声音で答える。

晏儒の有無を言わせぬ言葉に、朱璃は仕方なく引き下がった。

こうして董胡と晏儒は、山房の離れのような一室で話し合うことになったのだった。

七、旻儒の正体

「さて……。何から話しましょうか」

二人だけの部屋で向かい合って座ると、旻儒は何かに思いをはせるように呟《つぶや》いた。

「昔、面白い男がいましてね。とても変わり者の医師でした」

離れの部屋は、隔離するかのように老師達のいる居間から距離を置いていて、ひどく静かだった。旻儒の囁《ささや》くような声が、はっきりと董胡の耳に届く。

「気にくわない命令には決して従わないし、貴族にも平気で文句を言う。誰ともつるまず、一匹狼で周りから敬遠されている。協調性というものがまるでなかったが、医術の腕だけは確かで、それだけは一目置かれていました」

董胡は黙ったまま旻儒の話を聞いていた。

「酒が好きな男でね。この時季になるとどこから摘んできたのか、ハリギリのお浸しをつまみに酒を呑《の》むのが一番の楽しみだったようです。ハリギリの美味しさを教えてくれたのは彼でした」

董胡は膝《ひざ》に置いた手をぎゅっと握りしめる。

「なぜ私はこの男を選んだのだろうと、いつも不思議に思っていました」

ドキドキと鼓動がうるさい。

「選ぶ相手を間違えてしまったのではないかと、何度も自分の心に問いかけました」

誰のことを言っているのか、董胡にはもうはっきりと分かっていた。

「本当にこの男で大丈夫なのか？　けれど答えはいつも、この男しかいないと出るのです。それでも、ずっとずっと……また間違えてしまったのではないかと不安でした」

そして旻儒は安心したように微笑んだ。

「けれど私は正しかったようです。あなた様がここに現れたことが何よりもその証明でしょう、鼓濤様」

「!!」

董胡は、はっと旻儒を見つめた。

旻儒はとっくに董胡の正体に気付いていたのだ。

そして旻儒は姿勢を正すと、深々と董胡に頭を下げた。

「よくぞご無事で生き延びて下さいました。心よりお慶び申し上げます」

「白龍……さま……なのですね？」

董胡は震える声で尋ねた。

「いかにも。亡き濤麗様に、そのように名付けて頂きました」

やはり旻儒が白龍だった！

「卜殿は私の言葉をしっかり守り、あなた様をここまで立派に育ててくれたのですね」

「はい。今の私があるのは卜殿先生のおかげです」

濤麗の娘、鼓濤を卜殿に託したのは白龍だったと聞いている。

卜殿もなぜ自分が選ばれたのか分からないと言っていた。

けれど、董胡がここでこうして白龍と再会できる道筋は、卜殿の許《もと》で育ち、医術を学んで過ごした今の自分以外に作ることはできなかったのではないかと思う。

他の誰に育てられても、董胡はここにいなかったに違いない。

いつ途切れてもおかしくないような僅《わず》かな可能性の道を、奇跡のように歩んできた。

その先に、この白龍が待っていたのだ。

「黒水晶の宮で……いったい何があったのでしょうか？　母は誰に殺されたのですか？」

「…………」

ずっと穏やかだった旻儒の顔が、初めて苦しそうに歪《ゆが》んだ。

「あの日の後悔だけが私をここまで生かし続けました。あらゆる欲を捨て去ったはずなのに、その後悔だけが解放されないまま私をこの地に繋《つな》ぎとめたのです」

「後悔……」

そういえば卜殿は、白龍が「間違えてしまった」と言ったと董胡に話していた。

そして白龍は唐突にとんでもない言葉を口にした。

「私は……濤麗様を愛していました」

「!!」

董胡は驚いて白龍を見つめた。

それはどういう意味だろうか。もしかして、それが間違えたということ？

(私は、母と白龍様の間にできた不義の子だということか……)

だとすれば、玄武《げんぶ》の一の姫などではない。

皇女の娘ではあるけれど、玄武の一の后《きさき》を名乗る立場などではないことになる。

それを黎司《れいし》に告げたなら、どうなるだろう。

白虎の雪白《ゆきしろ》や青龍の翠蓮《すいれん》なども、養女として迎え入れられた本物の一の姫ではないが、少なくとも親類筋の血縁の者だ。

だが白龍の子である董胡は、玄武とは縁もゆかりもないのではないか。

公に知られれば、鼓濤は一の后の座を剝奪《はくだつ》され、王宮から追い出されるだろう。

当然だが、そんな者が皇后になどなってはならない。

(レイシ様が知れば、きっと処分できずに苦しまれることになるだろうな)

優しい黎司をまた苦しめてしまうことになるだろう。

けれど、もう嘘はつきたくない。

自分が知ったすべてを正直に話す覚悟は変わらない。

でもただ一つ、自分が玄武公の血を引いていないなら、それだけは嬉《うれ》しかった。

黎司を何度も暗殺しようとして、今も廃位を画策する悪辣《あくらつ》な玄武公の娘ではない。

（だったら自ら后の立場を返上して、董胡となって薬膳師として働こうか……）

女性にはまだ開かれていない道だけれど、女性用の麒麟寮ができたなら叶《かな》わない夢ではない。時間はかかるだろうけれど、最初目指していたその道へ……。

目まぐるしく自分の身の置き方を考える董胡に構わず、白龍は続ける。

「私は訳あって朱雀の三の后宮で育ちました。そこでお生まれになったのが当時の帝のご息女、濤麗様でした。濤麗様の母君は朱雀の一の后の侍女の一人でして、大変美しい方でしたが身分がさほど高くなく、姫君を産んで三の后宮を与えられたのです」

先々帝が朱雀の后の侍女を見初めたということのようだ。

「三の后宮の主《あるじ》はもちろん濤麗様で、私はお仕えしていた立場ではございますが、三歳下の濤麗様をまるで妹のように可愛がっておりました」

濤麗が生まれた時から共に育ってきたのだ。

「私はただただ、濤麗様が可愛くて愛《いと》おしく、それは三の后宮にいた誰もが同じように感じていて、あの方はすべての人に慈しまれてお育ちになりました」

それはもしかして、朱璃が話していた麒麟の力だったのだろうか。

濤麗は誰をも魅了する麒麟の力を持っていたのだと朱璃は言っていた。

この白龍もまた、その魅了の力に心奪われたということなのか。

「濤麗様は美しく聡明《そうめい》で、少しお転婆なぐらい元気なお方でしたが、ただ一点、体調を崩しやすいところがおありでした。いつも周りの愛に包まれている方でございましたが、それゆえなのか、人の悪意というものを敏感に感じ取り、その重い念によって不調になられることが多かったのでございます」

「重い念……」

誰もに愛されて良いことばかりではなかったのだ。

濤麗には愛だけを向ける者も、侍女同士、従者同士、悪意を持ち合う者もいただろう。

愛だけで満たされた場所など、この地上にはない。

「私は濤麗様が体調を崩されるたびに気を揉《も》んで、良い医師はいないのか、良い薬はないのかと調べました。そして、良い医師がいないのであれば、自分が医師になればいいのだと気付きました。そして白虎の麒麟寮に入れて頂くことになったのです」

愛する濤麗のために白龍は医師になったのだ。

「とりわけ薬師を目指していた私は、白虎の麒麟寮にいらっしゃる老師様のご高名を聞き、濤麗様の後見を得て、素性を隠したまま入寮させて頂くことになりました」

それは宝庵と老師の話を聞いて、董胡が予想していた通りのものだった。

「一刻も早く濤麗様の許に戻りたかった私は、猛勉強の末に医師試験に合格できました。これで濤麗様を助けられると希望に溢《あふ》れて三の后宮に戻ったのです。しかし……」

白龍の表情が一気に曇った。

「久しぶりに戻った朱雀の后宮はとんでもないことになっていました」

白龍が医師免状を取った頃だから、濤麗との年齢差も考えると二十年ほど前のことだろうか。

「すでに帝《みかど》は代替わりをして先帝の時代になっていました。朱雀の一のお后様である凰《おう》葉《は》様は皇子をお産みになり皇后になられていました。凰葉さまを慕っていた濤麗様もお喜びになり、皇子様を可愛がって過ごしておられました」

凰葉の子とは黎司のことだ。

董胡の母である濤麗は、幼い黎司を可愛がっていたのだ。

そんな時代があったのだと、董胡は頭の中に幸せな光景を思い浮かべた。

「その凰葉様が、突然流行《はや》り病で身罷《みまか》られたのです。悲しむ暇もなく、朱雀の后宮では次々に死者が出て、一と二の后宮は壊滅状態だったようです」

それは以前朱璃に聞いた通りの話だった。

「私は濤麗様の身を案じ、予防となる薬湯を飲ませ、三の后宮の者達の体調を注意深く見守る日々でした。濤麗様だけはお救い下さいと私は神に祈り続けました」

その騒動の中に白龍もいたのだ。

「その祈りが通じたのか、不思議なことに三の后宮だけは被害を免れました。私は神に感謝して、濤麗様を一生守っていこうと決めていました。けれど……」

白龍はそこで言葉を途切れさせ、苦しそうに俯《うつむ》いた。

「思いがけない話が濤麗様の許に舞い込んできたのです」

「…………」

それがどんな話であるのか、董胡にはもう分かっていた。

「玄武公の嫡男、奨武《しょうぶ》様の許に輿《こし》入れするという話でした」

ああ、やはり……と董胡は肯《うなず》いた。

「濤麗様の母君はすでに亡くなっておられ、強い後見であられた皇后・凰葉様も亡くなり、先々帝もすでに亡く、行き場のない濤麗様は応じる他なかったのでございます」

凰葉の父や兄も亡くなり、朱雀公の血筋が変わったと聞いた。

黎司と同じく、濤麗もまたあらゆる後見を失くしてしまったのだ。

それが玄武の企《たくら》みであったなら……、その仇《かたき》ともいえる相手に嫁ぐことになる。

「濤麗様は行き場のない三の后宮の侍女達のために、全員を連れて行ってよいならと縁談を受けられました。それを聞いて私は初めて気付いたのです」

董胡は、はっと白龍を見つめた。

「妹のように愛していたこの気持ちは、強い執着を持つ恋なのだと」

「強い執着……」

白龍は恋をそのように捉《とら》えているのだ。

「私は激しい嫉妬《しっと》に苦しみました。玄武公の息子を羨《うらや》み、憎み、殺してやりたいとまで思いました。あの男に奪われるぐらいなら、濤麗様を殺して私も死のうとまで思い詰めたのです」

「殺して……？」

目の前の穏やかな白龍の口から出たと思えないような言葉に驚いた。

「それまでの私は自分を善良な人間だと信じていました。嫉妬に狂って人を憎んだりするなど私には無縁の感情だと……。疑うこともなく信じていたのです」

そして白龍は、ふふと自嘲《じちょう》するように笑った。

「おかしいでしょう。私は自分だけは醜い感情など持たないのだと信じていたのです。憎しみも妬《ねた》みも嫉《そね》みも、そんな感情など存在しない善なる人間だと、私はずっと信じていたのです」

同じようなことを董胡も信じていた。

そして尊武に鼻で嗤《わら》われたのだった。

「けれども濤麗様を奪われると知った私は、まさに嫉妬に狂った鬼でした。私は濤麗様への思慕に気付くと共に、自分の醜い本性を思い知ったのです」

それは恋ゆえなのか。それとも濤麗の麒麟の力によって導き出されたものなのか。

「麒麟の皇女であられる濤麗様がいつかやんごとなきお相手の許《もと》に嫁がれることなど知っていたはずなのに。目の前にその現実が差し出されるまで、私は自分の想いにも醜さにも気付かずにいたのです。そして突如現れた自分の忌まわしい感情に翻弄《ほんろう》され、おかしくなってしまいました」

白龍は当時を思い出したのか、苦しげに俯いた。

「私は勝手に思い詰め、従者達のために輿入れを承諾した濤麗様の苦しい気持ちを思いやることもできず、どんどん深い闇に堕《お》ちていきました。そしてついに、濤麗様の首に手をかけて絞め殺そうとまでしてしまったのです」

「まさか……」

この白龍にそんな恐ろしい感情があったなんて信じられない。

「濤麗様は抵抗しませんでした」

――それであなたの気が済むなら、殺してくれ――

それが濤麗の答えだった。

「その言葉を聞いて……私は突然自分が恐ろしくなって逃げだしたのです」

追い詰められたら、人はそこまで変わってしまうものなのか。

董胡には想像すらできない。

「私は王宮を出て老師様のこの山房へ逃げ込みました。様子のおかしい私を老師様は受け入れ、私のためにこの離れの部屋を作ってくれたのです」

「この部屋……」

ここは白龍のために増築された部屋だったのだ。

「私は嫉妬に暴れ狂った感情を抑えることもできず、行き場のない思いを吐き出すようにここで醜く汚い言葉を叫び続けました。別人のように変わってしまった私を見て、老師様はさぞかし驚いたことでしょう。宝庵が見舞いに来てくれることもありましたが、そのような私の姿を見せたくなく、もう来ないでくれと頼みました」

宝庵を避けていたのは、そういう理由があったのだ。

「やがて心の不調が体にもおよび、高熱を出して死線を彷徨《さまよ》いました。悪しき感情のうねりと戦い続け、辛うじて一命をとりとめて目覚めた時、私は視力のほとんどを失っていました」

「ではその時に……」

失明したのだ。

「そして視力と引き換えに、私はようやく平穏な心に戻ることができました」

「戻ることが……できたのですか？」

そこまでの激しい感情を消すことなどできるのだろうか。

「実は……私は視力を失う代わりに、その時不思議な力を得たのです」

「不思議な力？」

それはシャーマンのような力のことだと董胡は思ったのだが、そうではなかった。

「高熱に浮かされている時、私は執着のあまり濤麗様の許に魂を飛ばしていたのです」

「ま、まさか……そんなこと……」

白龍の話は信じられないようなものばかりだった。

「すでに玄武に嫁ぎ、そこで苦しんでいる濤麗様を上から見下ろしていました。命の危険すら感じる濤麗様の姿を見て、私は助けに行かなければと強く思いました。皮肉なことに、濤麗様への愛が私を狂わせ、そして濤麗様への愛が私を正気に戻しました」

この穏やかな白龍の中に、そんな激しい愛があったなんて……。

愛とはいったい何なのだろう。

白龍は盲目になっても、濤麗を助けるために玄武に向かったのだ。

そして濤麗の専属医師となって側で守り続けた。

「濤麗様……母は……玄武公に苦しめられていたのですか？」

玄武公は自分から濤麗を娶《めと》っておきながら、苦しめ続けたのか。

なぜだ。なぜそこまでして濤麗を不幸に追いやったのか。

そして濤麗を……殺したのか……。

けれど、白龍は力なく首を振った。

「いいえ。違います。奨武様は……心から濤麗様を愛しておられました」

「え……」

「最初警戒しておられた濤麗様も、奨武様の誠実なお気持ちに応《こた》えるように、少しずつ心を開いていかれました」

「ま、まさか……。じゃあ母は……玄武公のことを……」

「穏やかに愛しておられたのだと思います。私のような激しい愛ではなく、少しずつ育むような優しく静かな愛情をお持ちだったのだと思います」

濤麗が玄武公を愛していた？

信じられない。

あの悪辣《あくらつ》で身勝手で人を虫けらのようにしか思えない男を？

「当時の獎武様は、まだ御父上の言いなりで逆らうこともできない若者でした。初めて反抗したのが濤麗様の輿入れだったのだと宮の者から聞いています。どうしても濤麗様を娶りたいと。それが許されないなら家を出るとまで宣言されたそうです」

「あの玄武公が……」

濤麗を激しく憎んでいるように感じていたのに、その頃は濤麗を本気で愛していたというのか。そしてまさか濤麗までが……。

「では……私は……母と白龍様の子ではなく……」

白龍はまさかと微笑んだ。

「あなた様はもちろん濤麗様と獎武様のお子ですよ。私は濤麗様に勝手に片想いをして、生涯お守りし続けることを選んだ愚かな医師です」

では正真正銘の玄武の一の姫だということなのか。

「私が玄武公の子……」

けれども腑《ふ》に落ちないことがいろいろある。

「では母は何に苦しんでいたのですか？　誰に殺されたというのですか？」

玄武公でないなら、いったい誰に……？

「先ほど話したように、濤麗様は他者の悪意で体調を崩される方でした。その念が重ければ重いほど、濤麗様の体調も悪くなるのです。ましてそれが呪詛《じゅそ》のようなものであれば、その影響を一身に受けてしまうのです」

「呪詛？　誰かが母を呪っていたということですか？」

「ええ。珍しいことではありません。奨武様には濤麗様が輿入《こし》れされる前に、すでに二人の妻がいらっしゃいました。奨武様が濤麗様に愛情を向けられるほどに、嫉妬《しっと》の念が生まれてしまうのは仕方のないことでしょう」

そういう妻同士の諍《いさか》いは、董胡も雪白のことで経験したばかりだ。

「ではその二人の妻が……？」

「鼓濤様が産まれる前にそれぞれ男児をお産みになっておられましたが、雄武《ゆうぶ》様の母君は人並み程度の嫉妬心であったと感じています。けれどご嫡男の尊武様の母君は……」

「尊武様？」

その名を聞いてまさか……という思いと共に、一周回って辿《たど》り着くべきところに到着したような気がした。

「私も直接ご挨拶《あいさつ》したことはありません。尊武様の母君は、式典の場にも宴《うたげ》の場にも姿を現さず、ご自分の部屋からほとんど出ることがないと聞きました。黒水晶の宮でも直接会ったという者はほとんどなく、謎に包まれている方でした」

「その方が母を呪っていたと……？」

あの尊武の母なら充分あり得る気がする。

「恐ろしいほどの念を発するお方でした。姿は見えずとも、そのお部屋の辺りから黒く渦巻く念が垂れこめているのをいつも感じていました。私が結界を張りお守りしても、蛇のように念の一端が濤麗様に触れてくるのです。そのたび、体のあちこちに不調を来たし、お体の優れぬ日が続きました」

そういえば卜殷が言っていた。

濤麗は、症状が様々なところに現れる不思議な病だったと。

（あれは呪詛による体調不良だったのか）

「特に奨武様が尊武様の母君をお訪ねになった後は、その体に潜んでいる悪しき念が濤麗様に襲いかかるのです。鼓濤様をお産みになったばかりの頃は、弱っている体で奨武様のご訪問を受けることは命の危険さえありました。それゆえ、産後は奨武様がお越しになることを断られるようになり、少しでも体力を回復されるようにと私が気を送り続けるような毎日になったのです」

その時に卜殷が白龍の助手として加わったのだろう。

「けれどその行動が、あらぬ疑惑を生んでしまいました。いいえ、そもそもそれこそが、尊武様の母君の狙いだったのかもしれません。誰かが奨武様に、私と濤麗様の仲を疑うようなことを耳打ちしたのです」

その誰かとは……尊武の母ではないのか。

「最初はまさかと一笑に付していた奨武様でしたが、濤麗様に避けられるようになり、どんどん疑念を深めていくようになられました」

「呪詛のことを奨武様にお話しにならなかったのですか？」

愛しているなら、きちんと話せば分かってくれそうなものなのに……。

「もちろん話しました。けれど奨武様の愛が深ければ深いほど、その執着は人を狂わせるのです。過去の私のように……」

この穏やかな白龍ですら、濤麗を殺そうとまで思い詰めたぐらいだ。

奨武もまた嫉妬に狂ったとしても充分あり得る話だった。

「やがて私と濤麗様の仲を疑うだけでなく、鼓濤様の素性まで疑う噂が流れました。畏《おそ》れ多くも、鼓濤様は私と濤麗様の不義の子だなどと……」

その噂もまた尊武の母が流したものかもしれない。

「奨武様はその頃には正気を失い、嫉妬の鬼となっていました。私ばかりか生まれたばかりの鼓濤様まで不義の罪で死刑にしようと考えるようになられていたのです」

「私を……」

玄武公はすでに鼓濤を白龍の子だと思い込んでいたのだろう。

「その噂を聞きつけた濤麗様は、黒水晶の宮から出ることを考えるようになられました。鼓濤様を守るため、私と共に奨武様の手の届かぬところへ逃げ延び、三人で暮らしてくれないだろうかと相談されました」

「三人で……」

濤麗は不義のためではなく鼓濤を守るために、玄武公と離れる決断をしたのだ。

「私がその時、何を感じたか分かりますか？」

ふいに白龍に問われ、董胡は首を傾げた。

「何を感じたか？　追われる立場になる不安ですか？」

あの玄武公から逃げるのだ。一生追われる身になることは間違いない。

貴族の地位もなにもかも捨てて逃げることは恐ろしいだろう。けれど……。

「いいえ。私は心が弾むのを感じたのです」

「心が弾む？」

地位を失い追われる立場になるというのに？

董胡は意外な返答に目を見開いた。

「ええ。過去に捨て去ったはずの濤麗様への思慕がむくむくと心の中に湧いてきたのです。奪われた濤麗様を再び取り戻せるかもしれない期待に心弾んだのです」

白龍の濤麗への想いは、消えたわけではなかった。

心の奥底に燻《くすぶ》りながら根付いていたのだ。

「私は思いがけない自分の感情に再び翻弄《ほんろう》されることになりました。あの恐ろしい執着がまだ私の中に残っていた。いつかまた、私は濤麗様を愛するあまり狂ってしまうのではないのか。そんな恐怖に苛《さいな》まれる毎日でした。そして……」

白龍はぎゅっと拳《こぶし》を握りしめた。

「私は機を見誤ったのです」

「機を……？」

白龍は唇を噛《か》みしめて肯《うなず》いた。

「濤麗様に相談されたあの日。機はすでに熟していました。あの時、躊躇《ためら》うことなく黒水晶の宮を出ていたなら、濤麗様も鼓濤様も失わずに済んだのです。けれど、私は迷ってしまった。それが天の示す好機なのか、私の願望が導く私情なのか、分からなくなってしまった。そして……決断が遅れてしまった……」

そして白龍は、がばりと董胡の前にひれ伏した。

「どうかお許し下さい、鼓濤様。私が迷うことなく濤麗様の言葉に従って逃げていたなら、あなた様から母を奪うことにならなかった。すべては私の欲と執着ゆえの間違った判断のせいなのです。私が濤麗様を殺してしまった……」

「白龍様……」

まだひれ伏したままの白龍の背が震えている。

あれから十何年も経った今も、その後悔に繋《つな》ぎ留められていた。

こうして鼓濤に謝るために、白龍はここで待ち続けていたのだ。

「い、いいえ。どうか顔をお上げ下さい、白龍様。あなたは母と私を全力で守ろうとして下さったのです。母を殺したのはあなたではありません。母は誰かに斬りつけられたのでしょう？」

「……ええ。そうです。黒水晶の宮から逃げ出して裏山を登っていた濤麗様を……突然斬りつけたのです。血しぶきが飛び散り、鼓濤様を抱く私に降りかかりました」

「！」

その瞬間、董胡の目の前にその時の光景が見えたような気がした。

早い鼓動。ぜいぜいと息を切らした吐息。柔らかい布に包まれ、大切に抱かれている安心感。そして……。

その安心感を暗転させるように顔に降りかかる真っ赤な液体。

血を浴びる恐怖。

そして、ああそうかと気付いた。

この出来事が、董胡の異常なまでの血への恐怖を刻み込んでいたのだ。

大量の血が苦手なのも、人の肌を傷つけるのが苦手で鍼《はり》を刺すことさえ恐いのも、この日の記憶が呼び起こされるから。だからどうしても出来なかったのだ。

ぼんやりと理解する董胡に向かって、手を伸ばしながら崩れ逝く女性の輪郭が見える。

「逃げて……白龍。その子を……鼓濤をどうか守って……お願い……」

そんな声が聞こえた気がした。

そしてその母の前に……黒い渦に染まった人影が一つ。

その手には血の滴る長い刀剣が握られていた。

興奮したように、はっはっと荒ぶる息遣いをしている。

（この人が母を殺した……）

目を凝らし、その実体を見ようとするのに。

黒い渦が邪魔をして見えない。

けれど他に考えられない。

「尊武様の母君……」

あれは尊武の母に違いない。

尊武は誰が殺したか分からないと言っていたのに。

いや、尊武も知らないのか。

自分の母が犯した罪を……。

「私もほとんど視力がないゆえ、この目ではっきり見たわけではありません。けれどあの黒い念に包まれた存在。あれは間違いなくいつも濤麗様を呪っていた者の念です」

「なぜそこまでして母を……？」

尊武は玄武公の嫡男ではないか。

多少の嫉妬《しっと》があったとしても、女児を産んだ濤麗が尊武の母の立場を揺るがすことなどない。それなら男児を産んだ雄武の母を殺すことを先に考えるのではないのか。

なぜ濤麗なのか。なぜ鼓濤なのか。

「あるいは、それほどまでに獎武様を愛しておられたのかもしれない。ご自分の立場よりも獎武様の愛を奪われることが許せなかったのかもしれませんが……正直なところ、私にも分かりません」

なんということだろう。

愛とは何なのか。

もっと美しく尊いものではないのか。

執着とは何なのか？

愛に必ずくっついてくるものなのか？

その執着が人を狂わせてしまうのか？

分からない。菫胡にはまったく分からない。

（私の愛は？　レイシ様に感じる愛のようなものは？　私もまたいつか白龍様のように嫉妬に狂ってレイシ様を殺したいとまで思う日が来るのか……）

その執着というものが分からない菫胡は、まだ本当の愛を知らないということなのか。

「勘違いしないで下さい。誰もがこんな激しい嫉妬に苦しむわけではありません」

白龍は、まるで菫胡の気持ちを読んだように答えた。

「尊武様の母君のことは分かりませんが、私に関しては普通ではなかったのです」

「普通ではない？」

普通ではないとはどういうことだろうか。

「私は呪われた血を持っていたのです」

「呪われた血？」

「魔物の血と言った方がいいでしょうか」

「魔物……」

その言葉は、最近やたらに聞く単語だ。

「濤麗様にも最後まで明かすことはできませんでした」

「白龍様？」

董胡は何の話か分からず、白龍を見つめた。

「病で真っ白になってしまった髪を見て、濤麗様は私を白龍とお呼びになった。けれど本当は違うのです」

「違うって？」

董胡は首を傾げた。

白龍はゆっくりと頭を覆う尼頭巾《ずきん》に手をかける。

そしてさらりと取り去ると、長い髪がまるで龍《りゅう》がうねるように現れた。

けれど……その色は白ではなかった。

「まさか……」

董胡は目を見開いてその髪を凝視する。そして呟《つぶや》いた。

「銀……」

そう。

その髪は硬質な金属の輝きを放つ、見事な銀色だった。

八、黎司の見た夢

尊武達が出発した翌日、太政大臣の孔曹が王宮に戻ってきた。

「大変な時に留守にしていて申し訳ございませんでした」

皇帝の御座所《おましどころ》に座る黎司に向かって、孔曹はひれ伏した。

「それで私に御用とのことですが、どのようなことでございましょうか」

「うむ。そなたに聞きたいことがあるのだ」

御座所には珍しく翠明もいない。

孔曹が歯に衣《きぬ》着せぬ本音で話せるように二人きりの場を作った。

皇帝の側近とは、主君の秘密を墓まで持っていく覚悟で仕えている者だ。

翠明もその覚悟で仕えてくれているだろうが、孔曹もまたそんな思いで祖父に仕えていたはずだ。そんな孔曹に配慮しての場だった。

「我が祖父、先々帝のことだ」

「…………」

孔曹は分かっていたのか、無言のままひれ伏している。

「祖父の日誌を読んだ。過去にマゴイの輿入《こしい》れがあったようだな」

「……はい」

自ら先々帝の秘密を話すつもりはないが、現皇帝に問われたことに嘘をつくつもりもないようだ。

「マゴイの姫君は子を産んだようだが……」

ぎくりと孔曹の肩が揺れる。

「美しい男児であったと書かれていたが、そなたはその子を見たのか？」

「は、はい……」

孔曹は躊躇《ためら》いながらも肯《うなず》いた。

「どのような外見であった？　そうであれば随分目立ったはずだ。マゴイの姫君に似た銀の髪だったのか？」

「いえ……。黒髪でございました」

「黒髪？」

黎司はてっきり銀の髪だと思っていたので、意外に思った。

マゴイの子はすべて銀髪で産まれてくるのかと思ったが、そうではないらしい。

「瞳《ひとみ》の色も其那國人の紺碧《こんぺき》よりも黒に近く、目立つほどの特徴はございませんでした。ただ、肌が白く大柄なところが多少其那國の血を感じさせました。それから彫りが深く……大変美しい御子でございました」

銀の髪や紺碧の瞳色であれば、隠せるものではないと思ったが……。

多少顔立ちが違っても、伍尭國の中に紛れることもできそうな容姿のようだ。

「して……その子はどうなった？」

黎司は率直に尋ねた。

「先々帝に始末するように命じられ……そのように……」

孔曹は口ごもる。

「始末とは……殺したということか？」

「…………」

「そなたが、その手で？」

はっきり答えようとしない孔曹に畳みかけるように尋ねる。

「…………」

まだ無言のままの孔曹にため息をつくと、黎司は別の質問に変えた。

「ところで祖父は自分の子ではないと書き残していたが、まことにそうなのか？」

「先々帝がそのように書かれていたなら、そうなのだと思います」

妙な言い方だ。

「まるで違う可能性があるような言い方だな。何か腑《ふ》に落ちない点があるのではないのか？」

「…………」

「大事なことだ。正直に話してくれ。孔曹」

重ねて問われ、孔曹は観念したように口を開いた。

「マゴイの姫君の侍女が……先々帝のお子だと頑《かたく》なに言い張りましたので……。ですが先々帝は輿入れすぐに一度訪ねただけだとおっしゃいまして、私もそのように覚えております。しかし、夜半は私も自室に下がらせて頂きますので、陛下が私の目を盗んで通われた可能性が絶対ないとは言い切れず……」

「ふむ……」

「その……先々帝は少しおかしくなっておられましたので……」

「おかしく？」

孔曹は亡き先々帝の悪口のようになるので言いたくなかったようだ。

だが、言うべきだと決意したのか、一呼吸置いて話し始めた。

「先々帝は、マゴイの姫君を非常に恐れておられましたが、それにも拘《かか》わらず夜になると寝所を抜け出して籠りの宮へ行こうとなさるのです」

そういえば、そのようなことを日誌に書いていた。

「マゴイの姫君との房事を忘れられず、恐怖より欲望が勝ったのか。マゴイの姫君に夢中になられたということか？」

「その様は尋常ではなく、止めようとする私や他の神官を蹴《け》り倒しても籠りの宮へ行こうとなさるのです。これはおかしいと、私はすぐに警戒致しました」

「蹴り倒して？」

それはさすがに普通ではない。

「先々帝の顔つきもどこか正気ではなく、私は死罪になる覚悟で陛下を取り押さえ、畏《おそ》れながら縄で縛りつけて御座所《おましどころ》から出られないようにした日もありました。そうでもしなければ、私の目を盗んでマゴイの姫君の許《もと》へ行ってしまわれるのです」

「縄で縛りつけて？」

さすがに恥だと思ったのか、祖父の日誌にはそこまで書いていなかった。

「けれども十日ほどで先々帝は元にお戻りになり、安心致しました。その後、陛下も危険を分かって下さり、二度と籠りの宮には近付かないと約束して下さいました。それから後は夜中まで見張ることはありませんでしたが、マゴイの姫君の懐妊を聞き、まさか私の目を盗んで通っておられたのかと疑ったこともございました」

「なるほど。そこまで執着しておられたなら、疑っても仕方あるまいな」

そして孔曹は黎司に告げた。

「実はこの二日の間に、私はその当時のマゴイの侍女に会って参りました」

「マゴイの侍女に？　まだ生きているのか？」

黎司は驚いて尋ねた。

「はい。とある麒麟の社《やしろ》にひっそりと匿《かくま》っていました。今はもう高齢でほとんど寝たきりですが……」

姫君に子が産まれたことも隠しているため其那國に返すわけにもいかず、麒麟の社で匿っていたらしい。

「その侍女はなんと言っていた？」

「それが……」

孔曹は困ったようにため息をついた。

「何も覚えていないと言うのです」

「何も覚えていない？　だが、その侍女が先々帝の子だと言い張っていたのだろう？」

「はい。当時は子ができたらマゴイの神官達を呼ぶ約束だったと必死に訴え、こっそり文を送ろうとまでしていたのですが、何も覚えていないと言うのです」

年を取って記憶が曖昧《あいまい》になってしまったのか。

だが孔曹は妙なことを言い出した。

「当時も……子が生まれるまでは執拗《しつよう》に先々帝の子だと言い張っていたのに、いざ生まれて姫君が亡くなると、その悲しみと絶望のせいなのか呆《ほう》けたようになりまして。あれほどマゴイの者を呼べとうるさく言っていたのに、何を問いかけても分からぬような状態になって、仕方なく麒麟の社に送ったのでございます」

年を取ったからではなく、姫君の出産直後から記憶を失くしたらしい。

「月日が経って何か思い出したことはないか、マゴイについて何か分からないものかと訪ねてみたのですが、やはり何も思い出せないようでした」

孔曹なりに当時のことを調べようとしてくれたようだ。

けれど黎司もまた新たな情報を摑《つか》んでいた。

「実は……百滝の大社にいる密偵から、次の知らせが届いたのだ」

黎司の許には、董胡と楊庵《ようあん》が聞き出したマゴイの詳細がすでに届いていた。

「何か……分かったのでございますか？」

今度は孔曹が尋ねた。

そして黎司は自分の導き出した仮説を告げた。

「マゴイの姫君の子は……本当に先々帝の子だったのかもしれない」

「な！　まさか……」

孔曹は驚いたように声を上げた。

疑ってはいたものの、帝《みかど》の子ではないと信じていたのだろう。

「新たな情報では、十五ヵ月児……という赤子について言及していた」

「十五ヵ月児？」

孔曹は思いもかけない言葉に首を傾げた。

「マゴイの血をひく子は十五ヵ月腹に留《とど》まって産まれてくるそうだ。それゆえ大きくなり過ぎた胎児が産まれることができず、ほとんど子孫を残せない人種だったようだ」

「ま、まさか……そのようなことが……」

そして孔曹は、はっと気付いた。

「では、もしかして先々帝が一度だけマゴイの姫君に通った、その時の……」

黎司は静かに肯《うなず》く。

十五ヵ月児という可能性を考えて日誌の日付を確認すると、先々帝が訪ねた時の子をマゴイの姫君が産んだと考えて矛盾のない出産日だった。

「では……あのお子は本当に先々帝の……」

孔曹は右手で口を覆って放心している。

そこで黎司はもう一度尋ねた。

「殺したのか？」

殺したならば、命じられたとはいえ帝の子を殺したことになる。

忠義な孔曹には耐えられない罪悪感を植え付けることになるかもしれない。

しかし……黎司に問われて、孔曹は慌ててぶるぶると首を振った。

「い、いえ……。わ、私はどうしても赤子を殺すことができず……」

やはり孔曹は殺していなかった。

正義感の強い孔曹にはできないと思っていた。

「殺さず、どうしたのだ？」

そして孔曹はようやく真実を告げた。

「朱雀に……当時、皇后であられた朱雀のお后《きさき》様にご相談して、三の后宮で密《ひそ》かに育てて頂くことになりました」

「朱雀……？」

朱雀とは思わなかった。

侍女と同じようにどこかの麒麟の社に預けたのかと思っていたのだが……。

当時、朱雀の一の后は、先々帝の御子を産んで一時的に皇后になっていた。

だがその皇子は幼少期に亡くなり、結局即位前に産まれていた黎司の父が即位することになったのだが、たまたまこの時期に朱雀の后が皇后として後宮を取り仕切っていたのだ。

「そのことは、祖父はご存じなかったのか？」

孔曹は躊躇《ためら》いがちに答えた。

「いえ……どうにも黙っていることに耐えられず、二年ほど過ぎた頃、罰を受ける覚悟でお話し致しました」

「では祖父は生きていることをご存じだったのか……」

ちょうど祖父の日誌の二年後辺りまでぱらぱらと確認してみたが、マゴイのことに触れている文章はなかったので、そこで読むのをやめてしまっていた。

もしかしてその後に、生きていたマゴイの子に触れる文章があったのかもしれない。

「はい。先々帝も気になっておられたのか、朱雀の三の后宮を何度かお訪ねになっていました。ちょうど同じ頃、皇后様のお産みになった御子がお亡くなりになって、マゴイの産んだ男児のことが気になったのかもしれません」

不義の子だと思いつつも、もしかして我が子ではという思いがあったのだろう。

「マゴイの子の面倒を見ていたのは、皇后様の侍女のお一人でしたが、何度か通う間に先々帝はその侍女を見初められ、姫君をお産みになりました」

「姫君を？」

黎司は何かひっかかるものを感じて考え込んだ。

「はい。侍女にはそのまま三の后宮が与えられ、その姫君の宮となりました。確か名前は……」

孔曹は記憶を辿《たど》り、思い出したように告げる。

「確か濤麗様とお名付けになったかと思います」

「そうか、濤麗か！」

黎司は声を上げた。

マゴイの姫君が産んだ男児のことばかり考えていて、そこと結びついていなかった。

「鼓濤の母君か……」

まさかそんなところに繋《つな》がりがあるとは思わなかった。

「それでそのマゴイの子はどうなった？　まだ生きているのか？」

だが孔曹は首を振った。

「いいえ。その後、陛下もご存じのように朱雀の后宮は凰葉様の時代に流行《はや》り病に襲われまして、ほとんどの者が死に絶え、系譜すらもそこで途切れてしまいました。辛うじて宮の主《あるじ》の名だけは系譜に残っておりますが、侍女や従者は死んだものとして処理されてしまいました。マゴイの子も忽然《こつぜん》と消えてしまい、どさくさに焼かれてしまったのだと思いますが……」

先々帝の実子だと分かっていれば、もう少し大切に扱われたのだろうが、秘された姫君の不義の子となれば、誰も気に留めなかったのだろう。とにかく鼓濤の母君のことも含め、もう一度祖父の日誌を確かめてみなければならない。

「よく話してくれたな、孔曹。そなたも黙っていることが苦しかっただろう」

「……いいえ。すぐにお伝えできず申し訳ございませんでした」

孔曹は長年の胸のつかえが取れて、少しほっとしているように見えた。

「まだ何か……祖父が書き残しているかもしれない。続きを読んでみることにする」

現地に赴けない自分にできることがあるなら、どんな些細《ささい》な情報でも見つけたい。

黎司は立ち上がって、再び皇帝の書庫に向かった。

◆

その夜、黎司は祈禱《きとう》殿に籠《こも》っていた。

孔曹の話を聞いたあと、すぐに祖父の日誌を読み返してみた。

確かに孔曹が話した通り、マゴイの姫君の死から二年が過ぎた頃に、祖父の日誌に再びマゴイの記述が現れていた。

まさか、あの忌まわしい子が生きていたとは。

ようやく授かった皇子が亡くなったばかりの今、そんな話を聞かされるとは。

色白で彫りの深いとても美しい男児だとのことだが、マゴイの姫君に似たのだろうか。

もうマゴイの姫君がどのような顔であったかも覚えていないのだが、その子を見れば思い出すだろうか。どうにも気になる。

～

そんな言葉を綴《つづ》っていた翌日、我慢できず朱雀の后宮に見に行ったらしい。

少し興奮気味にその時の様子が書かれていた。

非常に美しく利発な子であった。

人懐こく愛らしい様子に、亡き皇子の面影を重ねてしまう。

亡き皇子に少し似ているように感じるのは、もしかして私の血を引いているからか。

いや、そんなはずはない。分かっているはずなのに……。

可愛い盛りの皇子を失った悲しみを埋めるように、足繁く通っていた様子が書かれていた。

五十半ばを過ぎてできた子は、孫のように可愛かったのだろう。

そうして通っているうちに、真摯《しんし》に世話をする侍女が気になってきたらしい。

やがて、六十も近くなってもう子は産まれないだろうと思われた先々帝だったが、その侍女の懐妊を知りずいぶん喜んだようだ。

残念ながら男児ではなかったが、最後にできた子、濤麗を目の中に入れても痛くないほど可愛がっていたらしい。

先々帝には即位前にできた男児や、他の后が産んだ女児もいたが、この濤麗の可愛がりかたは異常なほどで、この後の日誌は孫を可愛がる好々爺《こうこうや》のような日常が続いていた。

読めども読めども、皇帝の業務の合間に孫を愛《め》でるような記述ばかりで、月日は過ぎていく。

「先々帝の在位は確か十三年だったか……」

高齢で即位した祖父の在位は短かった。

濤麗が十歳にもならないうちに寿命がきたようだ。

残り少ない寿命を感じ取ったのか、最後の方は崩御後の伍尭國や我が子の行く末を案じて祈禱殿に籠っていたらしい様子が書かれている。

「マゴイの子については、もう何も書いていないか……」

濤麗が生まれてからは、すっかりマゴイの子については書かれなくなった。

残り少なくなった紙をめくりながら、日誌を置こうとした黎司だったが、ふと気になる言葉を見つけて開き直す。

――死神――

そんな言葉が目に飛び込んできた。

「死神？」

日誌の終わり間際にそんな言葉が書かれている。

ついに寿命がきたようだ。

祈禱殿で祈っていると、死神が見えるようになった。

燃えるような真っ赤な髪に、青白い顔色の痩《や》せた少年。

見たことのない黒衣を着て、いつも私の背後に拝座している。

どうやら私の命を取りにきたらしい。

天術など何も使えなかった私だが、人生の最後につまらぬものが視えるようになった。

「これは……」

黎司はそこに書かれた死神の容姿にはっとした。

祖父が書いたその人物を黎司もよく知っている。

「魔毘《まび》？」

祈禱殿でいつも先読みを見せてくれる、まさに魔毘の容姿にそっくりだった。

「先々帝も魔毘を見ていたのか……」

黎司も初めて見た時は、死神だと思った。

だが祖父には銅鏡に映る先読みは見えなかったようだ。

最後まで死神の迎えがきたのだと思ったまま寿命を迎えたらしい。

魔毘という名も出てこない。

「魔毘の名が聞こえなかったのか」

黎司も最初聞こえなかった。

だが魔毘の名が頭に浮かびそれを口にしてから、先読みが視えるようになった。

天術は、魔毘という名を口にすることで発動する。

それに気付けぬまま、祖父は亡くなったらしい。

「あと一歩で天術を使えたのに……」

そして黎司は思った。

「魔毘の名を私の日誌に書き残しておこう。そうすれば、後の皇帝はみな天術を使えるようになるはずだ」

けれども、書庫を出て日誌に書き記そうとしても、不思議なことに『魔毘』の文字だけが書けない。いざ書こうとすると手が止まって動かなくなるのだ。

つまり、書き残すことはできない。

天術を使う鍵《かぎ》となる名は、それぞれの皇帝が自分で見つけるしかないのだ。

(天術を使うに価する者となった時、その名が降ってくるということなのか)

もしかして魔毘とは皇帝の神器である銅鏡の名なのだろうか。

鍵である名を手に入れた皇帝だけが神器の恩恵を受けることができる。

(だとしたら……)

黎司は一つ思い当たることがあり、すぐに祈禱殿に向かった。

そうして、重大な事実に気付いたのだった。


「そうか。そういうことか……」

黎司は新たな発見に興奮していた。

「魔毘、分かったぞ！」

その声に呼応するように、背後に魔毘が現れる。

そしていつものように真っ直ぐに伸ばした指先が銅鏡を指し示す。

「先読みか？　なにか先読みがあるのか！」

黎司は食い入るようにして銅鏡を見つめた。

だが先読みではない。

景色が流れいく、いつもの光景ではなかった。

定まった視界の遠くに、ぽつりと人影が見える。

「子供？」

小さな人影はうずくまったまま、泣きじゃくっているようだ。

まるでその子に向かって歩いていくように、その姿が近付いてくる。

角髪《みずら》頭の少年のようだった。

「どうした？　何を泣いている？」

黎司が銅鏡に映る子供に声をかけると、その人影は一回り大きく成長する。

そしてますます嗚咽《おえつ》を上げて泣きじゃくりながら顔を上げた。

「!!」

黎司はその泣き顔を見てはっとした。

「董胡……」

初めて会った五年前から一回り成長した現在の董胡だった。

「董胡。なぜ泣いているのだ」

黎司は銅鏡に映る姿に手を伸ばした。

けれど鏡面でつっかえて董胡には届かない。

「董胡。何かあったのか？　昴宿で危険な目に遭っているのか!?」

黎司は慌てて尋ねた。

だが董胡は泣きじゃくるばかりで何も答えない。

「董胡。教えてくれ。何があったのだ？」

黎司は嫌な予感を振り払って、必死に問いかける。

そんな黎司に董胡は泣きながら「ごめんなさい」と告げた。

その光景は以前にも見た。

年始に見たあの夢と同じだ。

「何を謝るのだ。そなたが謝ることなど何もない」

けれど董胡は激しく首を振って再び謝る。

「ごめんなさい、レイシ様。そんなつもりじゃなかったの。……うう、ごめんなさい」

「董胡……」

そして黎司は、はっと気付いた。

「そうか。そなたの秘密のことか。そのことならいいのだ。私はもう知っている」

女だということを隠していたこと。

性別を偽り、医師免状を取って薬膳師《やくぜん》として働いていること。

それは伍尭國の法に照らし合わせれば罪ではあるが、女性が薬膳師になれないのだから仕方がなかった。

その罪を罪でなくすために、黎司は女性専用の麒麟寮を作ろうと奔走している。

「何も気にしなくていい。そなたが王宮に戻ってきたら話そうと思っていた。私が必ずそなたに薬膳師となる道を作る。だから心配するな」

けれど董胡は再び激しく首を振った。

「ごめんなさい。うう……ごめんなさい、レイシ様」

「謝るな、董胡。そなたを責めるつもりなどない。大丈夫だから、董胡！」

けれど董胡は首を振り、諦《あきら》めたようにゆっくり立ち上がった。

「もう私は……レイシ様のお側にはいられないのです」

「な！」

黎司は慌てて銅鏡に縋《すが》りついた。

「ま、待て！　董胡、待ってくれ！　なぜだ！　私の話を聞いてくれ！」

だが黎司の願いも虚《むな》しく、前に見た夢と同じ結末がやってくる。

董胡の背後から背の高い男が現れた。

「尊武……」

今回は武官装束に身を包んだ尊武がやってきて、董胡の肩に手をかけた。

「待て、尊武！　董胡を私の許《もと》に連れ帰れと命じただろう！　待つのだ！」

だが尊武はにやりと微笑んで董胡を袖《そで》の中に囲い込む。

「董胡！　待ってくれ！　行くな!!」

だが必死に叫ぶ黎司に、董胡は悲しそうに頭を下げた。

そして尊武はそのまま董胡を引き寄せて立ち去っていく。

「董胡！　なぜなのだ！　なぜいつも……」

はっと目覚めると、前と同じように祈禱殿で突っ伏したまま眠っていた。

いつの間に眠ってしまったのか……。

「夢だったのか？」

振り返ってみると、背後に魔毘の姿はなかった。

年始に見た夢とほとんど同じだ。

「なぜ同じ夢ばかり……」

しかも尊武が連れ去るところまで同じだった。

「私がそれを恐れているということなのか？　だから同じ夢ばかり？」

心の奥底で、尊武に董胡を奪われることを恐れているから？

「それとも何かの暗示なのか？」

黎司は董胡を失う予感に怯《おび》えて途方に暮れていた。

九、マゴイの子

董胡は目の前の白銀の髪を見つめて呆然《ぼうぜん》としていた。

「ど、どうして……白龍様が……」

銀の髪を持つ者。

それはマゴイの一族ではないのか？

どうして濤麗と共に朱雀の后宮《きさきぐう》で育った白龍がマゴイの銀髪なのか……。

訳が分からず言葉を失う董胡に、白龍は静かに口を開いた。

「私も……実際に黒髪が銀髪に変わるまで、何も知りませんでした」

「黒髪が銀髪に？」

高熱で黒髪が白髪になったのではなかったのか……。

「朱雀の后宮では、両親は亡くなったと聞いて育ちました。けれども少し大きくなって、后宮で生まれる子は帝《みかど》の子以外は不義の子であるのだと知り、私は何かしら忌まわしい生まれなのだろうと察しました」

そうだ。

后宮の女性達は一の后から侍女にいたるまで、すべて帝のものなのだ。

帝のお手付き以外で出来た子は、母と共に王宮から追い出されるか、場合によっては死罪になることもあるらしい。

その処分は母の身分によって、あるいは相手の男性によっても違うようだ。

白龍の場合、両親は死罪。そして子だけが后宮に残された？

そう考えると、ずいぶん奇妙な処分だった。

白龍は話を続けた。

「今になって考えてみると、おそらく……濤麗様への恋心と共に激しい嫉妬《しっと》を自覚したあの時。私の中の魔物の血が目覚めたのです」

「魔物の血……」

確かナティアが話していた。

マゴイは魔物の種を体の中に宿していると。

どんなに心を込めて大切に育てても、誠《まこと》を教え尽くしても、ある時季を境にその種を花開かせてしまうのだと……。

「悪しき心の芽生えが、マゴイの血を呼び覚ます火種となったのでしょう。この山房に逃げ込み、醜い嫉妬に狂う内に私は髪の色が少しずつ変わっていることに気付きました」

では高熱を出すより先に、髪色が変わっていたのだ。

「最初は心労で白髪が出たのだと思いました。けれどどんどん変わっていく髪が銀だと気付いた時、私は恐ろしくなって必死に墨を塗って誤魔化しました。けれども一時《いっとき》誤魔化せても墨で染めた髪はすぐに色が流れて、元の銀髪に戻ってしまいます。私はますますこの部屋に籠《こも》り、人と会うのを避けるようになりました」

煤《すす》を油で練って白髪を染める人もいると聞くが、残念ながら定着するものではない。

　少しの白髪なら、指甲花《しこうか》という常緑低木の葉を粉にして染める方法もあるが、全体が赤みを帯びた焦げ茶色になるので朱雀の芸団のような特殊な人々が用いるぐらいだ。黒色を浸透させる髪の染料は伍尭國にはない。

「そんなある日、ついに老師様に銀の髪を見られてしまったのです。私はその頃にはすでに完全な銀髪になっていました」

　完全な銀髪を墨染めしたところで、いつまでも誤魔化せるものではない。

「老師様は私の髪を見て驚きました。けれど、この奇妙な現象に驚いた訳ではありません。老師様は私と同じ銀の髪を、以前にも見たことがあるから驚いたのです」

「以前にも？」

　では老師はマゴイに会ったことがあったのか？　どこで？

「二十年ほど前、同じような銀の髪の姫君を見たことがあるのだと話してくれました」

「二十年ほど前……」

「老師様は当時すでに白虎にある麒麟寮の教師をしていました。ある日突然、白虎公に呼び出され、秘密裡《ひみつり》に診てもらいたい病人がいるのだと玻璃の宮に連れて行かれたそうです。そこで診た患者こそが銀の髪の姫君でした」

「姫君……」

なぜ白虎公がマゴイの姫君を？

しかもマゴイの女性は滅多に育たない希少な存在だと聞いた。

そんな女性がどうして伍尭國に？

白龍はそんな董胡の疑問に答えるように続けた。

「どうやら其那國からの長旅で、ずいぶん衰弱していたようです。老師様は薬湯を煎《せん》じて飲ませました。その時、これから帝の許に輿入《こし》れされる姫君なのだと聞いたそうです」

「帝の許に⁉」

マゴイが帝に輿入れしていたということなのか？

そういえばナティアがそんな話もしていた。

唯一生き残ったマゴイの娘を伍尭國の皇帝に嫁がせたと。

その娘が、老師が診た姫君だということか。

本当にマゴイの輿入れはあったのだ。

……ということは。

董胡は、はっと白龍を見た。

「もしかして白龍様は……」

問いかける董胡に、白龍は肯《うなず》いた。

「おそらくその姫君が私の母なのでしょう。そう考えると、私が王宮の中で育てられたことも辻褄《つじつま》が合います」

「白龍様がマゴイの姫君の……」

つまり当時の皇帝とマゴイの姫君の間に生まれた子。

ならば、すでにマゴイと麒麟の血を持つ子は生まれていたのだ。

世界の覇者になるとマゴイが信じた、麒麟の皇帝との間に出来た子。

それがこの白龍だったなんて……。

けれどどういう訳かマゴイには知らされず、朱雀の宮で秘されて育てられた。

もしも知っていれば、マゴイがどんな手を使っても奪いにきたに違いない。

「鼓濤様もマゴイについて聞いていらっしゃるのでしょう？　それがどれほど悪しき存在であるのか。良心の欠片《かけら》もない残虐な血筋であるのか」

「それは……」

その血を引く白龍に、なんと答えていいのか分からない。

「当時の私は自分の母の素性を知ったものの、マゴイが何であるのかも知りませんでした。ただ心の奥底から湧いて出るようなおぞましい感情を抑えつけるだけで手一杯で、どこからこんな感情が溢《あふ》れてくるのか分からず、のたうち回る日々でした」

それは白龍のものであって、白龍のあずかり知らぬもの。

そんなものが自分の内から芽生える恐怖はどれほどのものだっただろうか。

「闇に引きずり込まれ、おぞましい悪の深淵《しんえん》に堕《お》ちていきそうな自分と、これまでの輝かしく幸せな日々の自分とが、心の中で一つしかない肉体を奪い合っていました。高熱を出して意識が混沌《こんとん》とする中で、私は幼少からの濤麗様との日々を思い浮かべて必死の思いで闇を追い払っていました。不思議なことに記憶の中の濤麗様が纏《まと》う輝きだけが、私を癒《いや》し、しばしの間だけ正気に戻してくれるのです」

白龍はマゴイの魔物の血を拒絶し、戦っていたのだ。

「けれどもついに力尽き、もうだめだと死を覚悟した時、私はいつの間にか濤麗様の許へ魂を飛ばしていました。天井から見下ろした濤麗様は、玄武の宮で体調を崩して寝込んでいらっしゃいましたが、どういう訳か眩《まばゆ》いほどの光を放っていたのです」

「眩いほどの光……」

「その光があまりに温かく慈愛に満ちていて、引き寄せられるように私は濤麗様に近付きました。そしてその輝きの中に身を投じた瞬間、不思議なことに私の悪しき闇が濤麗様の光によって溶けていくのを感じたのです」

それは……濤麗の持つ麒麟の力なのだろうか。

それとも濤麗を愛する白龍の心が打ち勝ったということなのか。

「目覚めた時、私の視力はほとんど失われていました。私の中の闇が、視力を対価として奪っていったのかもしれません。けれどその代わりに、マゴイの血は私の中に眠っていた麒麟の力を呼び覚ましてもくれました」

「ではその時に……」

白龍は肯いた。

「シャーマンのような力が芽生えました。マゴイが欲しかったのは、この力なのでしょう。この力を手中に収めたくて、皇帝にマゴイの姫君を輿入れさせたのです。それに気付いたのは、ずいぶん後のことですが……」

白龍自身も、当時は自分が何者なのか知らなかったのだ。

「幸い私は濤麗様のおかげでマゴイの闇から救われました。そしてこの力を、濤麗様のためだけに使おうと決めていました」

もしも白龍が悪しき心を拒絶できなければ。

もしも覚醒《かくせい》した麒麟の力を私欲のために使っていたなら。

もしもマゴイに見つかり悪用されていたなら。

世界は変わってしまっていたかもしれない。

其那國の政変はもっと早くに起こり、すでにその魔の手は伍尭國を深く浸蝕《しんしょく》していた可能性も充分あっただろう。

白龍だったから。

白龍が愛したのが濤麗だったから。

紙一重のところで世界は安寧を保つことが出来た。

平和な現在は、過去の奇跡によって存在している。

そして現在の行動が、未来の紙一重の平和を創る。

未来を創るのは、今を生きる人々の奇跡のような選択の集約なのだ。

たいていの人は、自分の選択がそれほど世界に影響を与えるなんて思っていない。

けれど、白龍はきっと無意識に気付いていた。

自分の選択が、大きく世界を変える可能性があることに。

濤麗を死なせてしまったことを、間違えたと今も悔やみ続けるほどに。

「私がこんな運命を背負っているなんて、子供の頃は考えたこともありませんでした」

白龍は董胡の思いを感じ取ったように告げた。

「朱雀の三の后宮で、濤麗様を慈しみながら穏やかな一生を送るのだと、疑いもなく信じていました。それが私なのだと当たり前のように思っていたのです」

董胡は、ふと斗宿での穏やかな日々を思い出していた。

董胡だってそうだ。

あの頃は楊庵と一緒に卜殷の治療院を手伝いながら、いつか薬膳《やくぜん》師になることを夢見て、そんな日々が続いていくのだと信じていた。

黎司に出会うあの日まで。

貧しい治療院で平凡に暮らす平民の少女。

それが自分なのだと当たり前に信じていた。

今の董胡を誰が想像しただろう。

「けれど自分の素性を知り、特別な力を手に入れてしまった私は、自分が世界に与える影響を考えるようになりました。私が何を選ぶかによって、世界が大きく変わってしまうかもしれない責任……と言ってもいいのかもしれません」

「責任……」

「考えてみて下さい。私がもし濤麗様を殺された憎しみで再び魔物の血を呼び覚まし、玄武公への復讐《ふくしゅう》の鬼となっていたなら……。其那國に逃げ延び、マゴイと手を組んでいたなら……。この力を伍尭國の崩壊のために使っていたなら……」

「な！　まさか……」

白龍はくすりと微笑んだ。

「私はそんなことをしないと思いましたか？　私は嫉妬《しっと》に狂って濤麗様を殺そうとまで思い詰めた人間ですよ？　マゴイの血は消し去ったつもりでも、私の中にまだ深く眠っているかもしれません。可能性は充分にあったはずです」

「白龍様……」

もしかして白龍はまだ魔物の血と戦い続けているのかもしれない。

今はそんなものを微塵《みじん》も感じさせないけれど。

「善だけの人間などいない。私は自分の闇に気付いてから痛いほど分かりました。マゴイの血は確かに私の闇を炙《あぶ》り出しましたが、何もないところから生まれたものではない。私の中に、闇は最初からあったのです。どれほど聖人に見える人であっても、一点の闇もない者などいない。それは鼓濤様も例外ではありませんよ」

「私……」

以前尊武に言われてから、董胡も実感している。

そもそも男と偽って医師免状を取るという壮大な嘘をついている。

黎司にも真実を隠したまま騙《だま》し続けている。

そして、雪白の事件で嫉妬のようなものも味わった。

「勘違いしないで下さいね。闇があることは悪いことではありませんよ。むしろ人である限り、闇を持つことは必然なのでしょう。闇がなければ光を感じることはできない。悪がなければ善が何であるのかも分からない。闇と悪を完全に排除することができたなら、人は存在の意味をなくし無に帰することでしょう」

「無に？」

白龍は肯《うなず》いた。

「だから排除しようとせずに、自分の内にある悪も闇も受け入れるのです。自分の悲しみも怒りも嫉妬も憎しみも、すべて認めて癒す方法を考えるのです。その方法を考え続けることが人として生きるということなのかもしれません」

「考え続けるのですか？　自分の中の闇を完全に消し去ることは出来ないのですか？」

董胡は周りに嘘をつき続けることが苦しかった。

すべて正直に話すことで、自分の闇から解き放たれるのだと思っていた。

まだ自分の内に残る闇があるなら、全部全部解消して一点の曇りもない人になりたかった。誰だってそうじゃないのか？

悪であることを自認して良しとしているのなんて、尊武ぐらいだ。

「それは神の領域なのです、鼓濤様」

「神の領域？」

「そう。善と悪。光と闇。その相反する二つは人間であることの必然なのです。一方を完全に消し去った時、人は肉体を脱ぎ捨て神の領域に行くのでしょう。つまり死を迎えてしまうということです」

「完全な善になったのに死んでしまうのですか？」

全然分からない。

だって大抵の人は善人になりたいと思い、そこに幸福を思い浮かべるのではないだろうか。善を目指さないなら、何を人生の指針にして生きていくというのだろう。

白龍は、考え込む董胡に尋ねた。

「伍尭國で神の領域に最も近付いているのは誰だか分かりますか？」

「神の領域に最も近付いている……」

すぐに思い浮かぶのは一人しかいない。

「皇帝陛下……？」

日々禊《みそぎ》をして祈禱殿で民のために祈る黎司に違いない。

「そうです。祈りを深めれば深めるほど、天術を極めれば極めるほど、皇帝は神の領域に深く入り込んでしまう。先読みとは生と死の狭間《はざま》の領域で視えるものなのです」

知らなかった。そんな危険な場所で、黎司はいつも祈り続けていたのか。

「鼓濤様が産まれた時、私には神の啓示がありました」

「神の啓示？」

白龍は息を吸い込み、静かに告げる。

「伍尭國の崩壊と繁栄。二つの真逆の未来が視えました」

「崩壊と繁栄……」

あまりに正反対の未来に青ざめる。

「各地で人々が争っている様子が視えました。農民が武器を持ち争いに駆り出され、内乱の続く伍尭國には近隣の国々が攻め込み、やがて王宮は火の海になっていました」

「な！　まさか……」

創司帝の建国以来、小さな内乱はあったものの、そこまでの戦禍は経験していない。

「もう一つは五つの領地が麒麟を中心に融合し合い、さらなる発展を遂げた未来です」

「それは……」

黎司が目指す伍尭國の姿だ。

「分岐点に立つのは次の帝。つまり現皇帝のことです」

やっぱりそうだ。黎司が鍵《かぎ》を握っているのだ。だったら……。

「繁栄の未来に進んでいるのですね？」

董胡はほっとして答えた。

即位当初は確かに何度も危機に見舞われた。

それを乗り越えて黎司が皇帝として立っている限りその道は繁栄に続いているはずだ。

けれども白龍は首を振った。

「いいえ。まだです。その足元はまだまだ不安定です。明日にもどう転ぶか分からないぎりぎりのところに立っていると言っていいでしょう」

「そんな……」

即位当初よりずいぶん安定したと思っていたのに。

「あなた様なのです、鼓濤様」

「え？」

董胡は何を言われたのか分からず聞き返した。

「国を導くのは皇帝陛下ですが、どちらの道に進むかを決定付けるのは、あなた様なのです、鼓濤様」

「わ、わたし？」

董胡は驚いて目を見開く。

「鼓濤様が産まれた時、伍尭國の崩壊を止めることのできる唯一の方なのだと、私は啓示を受けたのです。濤麗様は私の言葉を信じ、だからこそ玄武の宮から逃げる道を選び、息絶える間際にあなた様を私に託したのです。そして私は後ろ髪を引かれるような思いを捨て去り、濤麗様と共に死ぬ道よりも鼓濤様を救う道を選んだのです」

そういえばすっかり忘れていたが、卜殷がそんなことを言っていた。

まさかと思って忘れていたが。

「教えて下さい。あなた様は今どのような立場でいらっしゃるのですか？」

白龍は尋ねた。

そうだ。まだ董胡の現状については何も話していない。

すべて分かっているような白龍だから、董胡の複雑な状況も分かっているような気がしていた。

「私の麒麟の力は、髪が銀に変わった直後が絶頂で、少しずつ失われていきました。今はこの霊山で起こることを予知できるぐらいで、先読みの力はほとんどありません。マゴイの血を拒絶したことで、すべては不完全なものとなったようです」

董胡が鼓濤だということは分かってもそれ以上は分からないらしい。

「私は……二つの名を持って過ごしています」

董胡はこれまでのいきさつを手短に説明した。

卜殷の治療院を手伝いながら、玄武の斗宿《きさき》で育ったこと。

いきなり玄武公に呼び寄せられ、一の后として皇帝に輿《こし》入れしたこと。

その后の専属薬膳《やくぜん》師として、こうして密《ひそ》かに動いていること。

白龍は驚くでもなく、静かに聞いていた。

鼓濤が生まれた当初、白龍に視えていたいくつかの道筋のどれを選んだのかを、答え合わせをするように確認しているようだった。

すべてを聞き終わると、白龍はほうっと息を吐いた。

「なるほど……。ずいぶん危うい道を進んできたようですね」

その反応を見ると、どうやらもっと楽な道もあったようだ。

白龍にもっと早く出会えていたなら、最適な道を選べたのではないだろうか。

「教えて下さい、白龍様。私はこれからどうすればいいのですか？　どの道を選べば崩壊の道を逃れることができるのですか？」

この先は間違えるわけにはいかない。

黎司が崩壊の道を避けられるなら、なんでもする。

「私は……王宮に戻ったら陛下にすべてを話そうと思っていました。その道は間違いではないのでしょうか？」

そのつもりだった。

けれど、もしそれが崩壊の道だったなら……。

正解が欲しい。絶対間違いではないという確信が欲しい。けれど。

「分かりません」

白龍は困ったように答えた。

「分からない？」

神の啓示で確かなものが視えたのではないのか。

「確かに生まれたばかりの鼓濤様を見て、皇帝陛下の行く末に深く影響を与える方なのだと感じました。だからお后様になられる方なのだと当時は思いました。ただその道がとても険しく難しいものだとも思ったのです。なぜなら伍尭國は限りなく崩壊に向かっているように視えたのです。崩壊を免れる可能性は僅《わず》かしかない。鼓濤様が皇后になられて、めでたしめでたしという単純なものだとは思えなかったのです」

それは卜殿に聞いた内容と同じだった。

「私は皇后にはなれないということですか？」

黎司はすべてを話した董胡を受け入れられないということなのだろうか？

それは充分有り得ることだろう。

「残念ながら今の私には先読みの力はほとんどないのです。先読みとは、人々の意識と行動によって移り変わるものなのです。そして、今の鼓濤様は、私の想像を遥《はる》かに超えた道を歩んでいらっしゃいます。すでに私の視た範疇《はんちゅう》を超えているのです」

「そんな……。では私はどうすれば……」

自分の行動が黎司の運命を左右する。

いや、伍尭國の未来をも変えてしまう。

そんな重責を背負いながら、不確かな選択なんてとてもできない。

「卜殷殿から聞かれたのでしょう？　ご自分が最も望む道を進むようにと。それが答えです。正解が分かるのは私ではない。あなた様だけなのです、鼓濤様」

「せ、正解なんて分かりません。間違えたらどうするのですか！」

董胡が選んだ道が間違っていて、伍尭國が崩壊に向かったらどうするのだ。

そう考えると、もう怖くて何も選べなくなる。

「恐れないで下さい、鼓濤様。間違えてもいいのです」

「だって……」

「ここであなた様に出会って、私はそれを確信しました。濤麗様を死なせてしまったことを私はずっと過ちだと思ってきました。けれど違ったのです」

「違った？」

白龍は肯《うなず》いた。

「そう。結果として鼓濤様が生き残り、どのような形であろうとも皇帝の后として言葉を交わす距離におられる。すべては正解だったのです。濤麗様を失ってしまったことも、それを悔いて私がここまで生き延びてしまったのも。そうしてここであなた様と再会して、すべてを語ることができたことも」

「母が死んだことも正解だったと？」

そんな正解、白龍にとっては受け入れがたいはずだ。

「間違えたと思ったのも、悔やみ続けたのも私の勝手な執着です。濤麗様は最初からご自分の寿命を分かっていらっしゃったのでしょう。黒水晶の宮から逃げる時、ご自分ではなく私が鼓濤様を抱くようにと、珍しくやけにきっぱりと命じられました。今にして思えば、何かを覚悟しておられるご様子でした」

「死ぬことが分かっていて逃げたと？」

白龍は肯く。

「だから濤麗様は逃げる前に私におっしゃったのです」

――白龍、あなたの人生を巻き込んでしまってごめんなさい――

「私はずっと貴族の身分を捨てて玄武公から一緒に逃げることを言っているのだと思っていましたが、濤麗様はもっと先の未来の私に言っていたのかもしれません」

殺されるつもりで逃げたというのか。

「死ぬと分かっていたのなら……母はずいぶんひどい人です」

自分のことを愛している白龍を、我が子のために利用したのだ。

誰よりも自分の死を悲しむだろう白龍の目の前で殺され、悔やむだけの人生を強いたのだ。こんなひどい話があるだろうか。

しかし白龍は穏やかに微笑んだ。

「いいえ。濤麗様がご自分の命よりも大切になさっていた鼓濤様を、最後の最後に私に託して下さった。その濤麗様の最後の願いを、こうして叶《かな》えることができたことに私は満足しています。私は間違ってなどいなかった」

「白龍様……」

こんな報われない愛に満足なのだろうか。

愛というものがますます分からなくなった。

（私は……どうだろう……）

黎司のためなら、報われない愛も貫けるだろうか。

考え込む董胡は、ふと白龍の見事な銀髪を見て一つの疑問が浮かんだ。

「ところで母が白龍と名付けたとおっしゃいましたが、ずっと一緒にいて銀髪だと気付かれなかったのでございますか？」

黒髪に染めるのは無理だとして、白く染めていたのだろうか。

けれど長く一緒にいて気付かないものなのか。

白龍は思い出したように懐から小さな螺鈿《らでん》の小物入れを取り出した。

「これで白髪に染めていたのです」

白龍が小物入れの蓋《ふた》を開けると、白い粉が入っていた。石灰だろうか。

それを手の平に一すくいして髪にまぶすと、不思議なことに白い粉が生き物のように銀髪に広がっていく。

「な！　なんですか！　それは……」

石灰かと思ったが、鉱物が生き物のように動くはずがない。

「これは非常に特殊な自然鉄の粉です。老師様がこの霊山で掘り出してくれました」

「自然鉄……」

空から降る希少な石に含まれているという白い鉄らしい。董胡はもちろん初めて見た。

「この金属のような輝きを持つ銀の髪は、磁性を持つのです」

「磁性？」

髪が金属のように磁性を帯びているというのか。そんな馬鹿な。

「頭の中にぞわぞわと感じる磁力が、あるいは魔物の正体なのかもしれません。この磁気が心を錯乱させ、いらいらとした感情を生んでいたようにも思います。今ではずいぶん磁力が弱まりすぐに落ちてしまうのですが、当時は誰にも気付かれぬぐらいしっかりと髪を覆ってくれました」

確かに少し広がりかけた白い粉は、途中で動きを止め、白龍が小物入れを近付けると、再び生き物のようにその中にさらさらと戻っていった。

「小物入れの中に非常に強力な磁石を入れています。銀髪に戻す時はこの磁石を近付ければ戻っていってくれます」

まさかそんな髪染めの方法があったなんて。

いや、普通の人は髪に磁力なんてないから染めることなんてできないけれど。

「不思議なことにこの粉で髪を染めていると、ぞわぞわとした感覚が薄れるのです。この自然鉄の存在が、濤麗様の側に仕える私を狂気から遠ざけてくれたのかもしれません。これがなければ、いくら闇を克服したといっても濤麗様のお側に戻ろうとは思わなかったでしょう」

　そして白龍はその小物入れをそっと董胡に差し出した。

「え？」

「これを持ってお行きなさい」

「え、でも……。白龍様に必要なものでは……」

「私はもう磁力も弱まり、なくても大丈夫です。先ほど其那國の姉妹からマゴイの話を聞きました。これが何か役に立つかもしれません。鼓濤様が持っていて下さい」

「私が……」

　磁性を持つ銀の髪が、マゴイの本質に影響を与えているのだとしたら……。

　これで何かを変えられるのだろうか。

「マゴイはあるいは悪の化身といっていい存在なのかもしれません。けれどさっきも話したように、人としてこの世を生きる限り、一点の曇りもない悪になどなれないのです」

「一点の曇りもない悪……」

　善と同じく、悪も完全にはなれない。

「肉体を持って存在している限り、彼らもまた矛盾する善の心を持っています。そうでなければ彼らはすでに悪神となって死を迎えていることでしょう」

「彼らにも善の心が残っているということですか？」

　話を聞く限り、善の要素など何も感じないような人達だったけれど。

「私はそう思います」

白龍は董胡の手に螺鈿の小物入れをのせて、大きな両手で包み込んだ。

「どうか鼓濤様。間違えることを恐れず、ご自分を信じて進んで下さい。間違ったと思ったことも、その先の正解に辿《たど》り着くための必然かもしれません。いいえ。自分の望む道を選び続けていれば、どんな失敗もすべて正解に変わるのです。だから自分の選択を信じて進んで下さい」

「白龍様……」

「大丈夫です。ここまで来られたあなた様なら、きっとうまくいきます。奨武様が殺そうとしていたあなた様を皇帝の后《きさき》に選んだのも、鼓濤様が引き寄せた運命なのでしょう。どうか自分を信じてこのまま進んで下さい」

この白龍にそんな風に言ってもらえると勇気が湧いてくる。

自信はないが、これまで通り自分の心の声に従ってみようと思える。

「はい」

董胡は白龍の手をぎゅっと握り返した。

やがて尼頭巾《ずきん》を付け直して銀の髪を隠し、話を終えようとした白龍だったが、ふと思い出したように尋ねた。

「そういえば……鼓濤様は麒麟の力のようなものをお持ちではないですか？」

「え……」

董胡は、はっとして白龍を見た。

「濤麗様の力については、私自身が麒麟の力に覚醒《かくせい》して初めて気付きました。あのどうしようもなく人を惹《ひ》きつける輝きをはっきりと見たのは、魂を飛ばして視た一度きりですが、視力を失ったあとも濤麗様の放つ特別な光を常に感じていました」

やはり母は人を惹きつける麒麟の力を持っていたのだ。

「けれど誰からも愛されるそんな資質を備えた濤麗様とて、やはり闇は持っていました」

「闇？」

限りなく善に満たされた人だと思っていたけれど。

「強すぎる光を放つ濤麗様は、色濃い闇もまた創り出してしまうのです」

「闇を創り出す？」

「濤麗様はご自分の力を呪いだとおっしゃいました」

「呪い!?」

誰からも愛される素晴らしい力なのに？

「濤麗様に強く惹きつけられた者は、愛と同時に強い執着も生み出してしまうのです」

「執着……」

「その最たる者が私と奨武様でしょう。濤麗様を愛するあまり、マゴイの血を呼び覚ますほどの嫉妬《しっと》と執着を創り出した私と、濤麗様を手に入れたいがために公子の立場を捨てるとまで宣言し、裏切られたと思い込むと我が子すら殺そうとした奨武様」

確かにただの嫉妬と片付けてしまえないほどの、異常な執着だ。

「濤麗様は何もおっしゃいませんでしたが、私の気持ちに気付いていらしたのでしょう。そして、ご自分の麒麟の力が私を苦しめたのだと申し訳なく思っているようでした。そして奨武様に対しても、我が子を守るために逃げる選択をなさいましたが、最後まであの方のことを心配なさっていました」

「母が玄武公のことを？」

今も恨み続けて、ひどい罵詈《ばり》雑言《ぞうごん》で母を貶《おとし》める玄武公を？

「ご自分が奨武様を狂わせてしまったのだと。濤麗様と出会わなければ、奨武様はもっと穏やかで幸せな人生を歩めたはずだったと」

「あの玄武公が穏やか？」

穏やかさの欠片《かけら》も見当たらないのに。

母にはそんな風に見えていたというのか？

いや、母を失うまでの玄武公は、本当にそんな人だった？

この優しげな白龍だって、マゴイの血のせいもあるが一時は嫉妬の鬼となったのだ。

玄武公はもしかして、今もその闇から抜け出せないままなのか。

それは恐ろしく根深い執着だった。

「濤麗様は、生まれたばかりのあなた様にもご自分と同じ麒麟の力がないかと何度も私に聞かれました。鼓濤様もご自分のように、誰かに呪いをかけてしまうような運命なのではと心配なさったのでしょう」

「私が……」

「ですが、まだ麒麟の力が強くあった当時の私には、濤麗様と同じような光は感じられませんでした。それを聞いて濤麗様はずいぶん安心なさっていたようです」

「……」

董胡はひやりと背筋が凍るような気がした。

確かに母のような麒麟の力はない。

けれど他人の味覚の好みが色で視えるこの力は……。

(母とは違う麒麟の力……)

違うけれど、もしかして同じ系統の麒麟の力だったとしたら。

思い当たることがある。

董胡の料理を食べた者は、また食べたいと必ず再来する。

斗宿にいた頃も、理由をつけては董胡の料理を食べに来ようとする村人がいた。

すべて卜殷が追い払ってくれたから助かったけれど。

二度、三度と料理を食べる回数を重ねるたびに、その執着は強くなる。

だから他人にあまり料理を振る舞わないようにと卜殷に注意されてきた。

けれど例外的に何度も料理を振る舞った人はどうなった？

黎司は？

五年前に数日食事を出しただけの董胡のことを、ずっと忘れていなかった。そして今では側近の翠明の養子にして、専属薬膳《やくぜん》師に雇い入れようとまで言ってくれている。

五年前に少し会っただけの子供に、そこまで思い入れるなんて普通はあり得ない。

楊庵は？

斗宿にいた頃は、もちろん毎日董胡の料理を食べていた。董胡を一生守ると卜殿と約束していたからではあるが、行方知れずになった董胡を捜して王宮にまで入り込むなんて、普通じゃない。いくら兄妹《きょうだい》のように育ったからといって、そこまでするだろうか。

それに何度断っても董胡を連れて王宮から逃げることばかりを考えている。

尊武は？

食事にうるさい人だからかもしれないけれど、后である董胡を無理やり青龍にまで連れて行って料理を作らせ、今も理由をつけては后宮に料理を食べにやってくる。

あの薄情そうな尊武が、董胡の料理にだけはやけに執着しているように見える。

董胡の料理を幾度となく食べたから？

でもじゃあ、卜殿は？　王琳《おうりん》や茶民《ちゃみん》や壇々《だんだん》は？

董胡の料理を喜んで食べてくれるけれど、そこまでの執着はないように見える。

みんなにだって毎日料理を振る舞っていたのに。この差は何だろう。

「あ、あの……白龍様。母は侍女や従者からも愛されていたと聞きましたが、その方達はおかしくなってはいないのでしょう？　なぜ白龍様と玄武公だけが？」

そういえば朱璃もまた濤麗に囚《とら》われた人だった。

他の人と何が違うのだろう。

白龍は少し考えてから口を開いた。

「おそらく……恋慕が絡むことが執着につながるのではないかと思います」

「恋慕？」

白龍は肯《うなず》いた。

「恋慕とは未熟な愛だと私は思っています。未熟ゆえに執着を伴うのです。そしてその執着が人を狂わせるのではないでしょうか。それを呪いだと濤麗様はおっしゃいました」

「呪い……」

まさか董胡の料理が人に呪いをかけているのか。

冷や水を浴びせられたような気がした。

みんなを喜ばせたかっただけなのに。

黎司のためだと思って作ってきたのに。

もしかしてそれが呪いをかけることになるなんて……。

（いや、でもレイシ様は私を男だと思っているし……。それに尊武様だって恋慕なんて、そんな甘ったるい感情を持つ人には思えない。でも楊庵は……）

必死に守り続けてくれた楊庵には、ずっと呪いをかけ続けていたのか。

愕然《がくぜん》とした。

「あ、あの……、白龍様。私は……」

白龍に言おう。この麒麟の力のことを。

そしてどうすればいいのか聞こう。

けれど白龍は、突然険しい声を上げた。

「誰ですか！　そこにいるのは！」

はっと廊下側の襖《ふすま》を見る。

「……………」

ぴんと張りつめた空気の中に微《かす》かな息遣いが聞こえた。

「入ってきなさい！　誰であるか、すでに分かっています！」

麒麟の力はほとんど無くなったという白龍だが、目が見えない分、人の気配だけで誰かは感じ取れるらしい。

やがて観念したのか、ゆっくりと襖が開いた。

そこに立っていたのは……。

「ルカ！」

ルカが青ざめた顔でその場にひれ伏した。

「す、すみません。宝庵様がそろそろ麓《ふもと》に戻らないと日が暮れるからと。呼んでくるように言われてこちらに来たのですが、あまりに深刻そうに話しておられて声をかける頃合いが分からず……すみません。な、何を話しているのかは分かりませんでした。どうかお許し下さいませ」

「…………」

白龍は珍しく不快な表情で黙っている。

内容が内容だけに、白龍は警戒しているのだろう。

「ご、ごめんなさい、董胡様。私は何も聞いていません。どうか信じて下さい」

涙ぐんで訴えるルカを見て、董胡は慌てて取りなした。

「白龍様。ルカはまだ子供ですし、嘘はついてないと思います。どうかお怒りにならないで下さい」

ルカがもし聞いていたとしても、訳の分からない話ばかりだっただろう。

それよりも、麒麟の力のことを白龍に話したかったのに言いそびれてしまった。

そちらの方が気になった。

さらにルカの声が聞こえたのか、廊下からナティアと朱璃もやってきてしまった。

「どうしたの、ルカ？」

「呼びにいったきり戻ってこないから見にきましたよ」

もう白龍と二人で話せる雰囲気ではない。

しかも話に夢中で気付かなかったが、確かにずいぶん日が傾いていた。

「董胡様。もう日が暮れます。早く山を下りないと危険な獣が出てくるそうです」

「董胡。時間切れです。もう戻らないとみんなが心配します」

そうだった。

遅くなると王琳達も困るだろう。

「わ、分かりました」

董胡は、目を閉じて気配を確認しているような白龍に目を向けた。

「はくりゅ……ぶ、旻儒様」

みんなの前で白龍と呼んではいけないような気がして、慌てて言い直した。

「また……お会いできますか？」

白龍は気配を探るのをやめて、董胡の方に顔を向けた。

「もちろんです。私は其那國の方の出産が終わるまで、ここにいるつもりです。何か気になることがあれば、いつでもいらして下さい」

「ありがとうございます」

良かった。

百滝の大社に滞在している間なら、また会いに来られそうだ。

(王琳は怒るだろうけれど、明日、もう一度訪ねて来よう)

この不安を残したまま王宮に戻るのは心許《こころもと》ない。

(雨さえ降らなければ、まだしばらく大社に滞在することになるはずだ)

「急ぎましょう、董胡」

「ではナティアのことをよろしくお願いします。老師様」

急いで身支度を整え、宝庵は老師に挨拶《あいさつ》をして山房を飛び出た。

老師は布団から身を起こして、小坊主に支えてもらいながら肯いている。

白龍とナティアは戸口まで見送りに来てくれた。

「あれ？　ルカは残らないの？」

姉妹で山房に残るものだと思っていたが、ルカだけ董胡達についてきている。

「私は一旦《いったん》隠れ庵に戻って、お姉様の身の回りの物を持ってこようと思います」

「懐妊しているナティアは残して、ルカだけ一度戻ることになったのです」

宝庵が補足して説明した。

「そうなんだね。遅くなってごめんね」

暗い山道を幼いルカにまで下らせることになって申し訳なかった。

「いいえ。私は大丈夫です。それよりも旻儒様を怒らせてしまってすみません。すぐにお声をかければよかったですね。ごめんなさい」

年の割にしっかりしていると思っていたが、いきなり怒鳴られて怖かったのだろう。

ずいぶん落ち込んでいるように見えた。

「旻儒様はお怒りになって、もうお姉様を診ないなんておっしゃらないでしょうか？」

それでもルカは、自分のことよりもナティアが心配らしい。

「大丈夫だよ。旻儒様はそんな了簡《りょうけん》の狭い方ではないよ。きちんと診て下さるよ」

「よ、良かった……」

ルカはほっとして泣きそうになっている。
（いい子だな）
ともかくこの誠実な姉妹を白龍に預けることができて良かった。
無駄足になるかと思ったが、一通りの目的を達成できたことに安堵《あんど》する。
けれど董胡は自分の素性がはっきりした代わりに、一つ心配事が増えた。
（白龍様にもう一度会って、相談にのってもらおう）
足場の悪い山を下りながら、ふとさっきの白龍の言葉が思い出される。
（呪い……）
白龍もまだ、何か董胡に言いたかったのではないだろうか。
肝心なところで話が中断されてしまった気がする。
（明日、もう一度話してみれば、もっとすっきりするはずだ）

けれど……。
その明日はやって来なかった。
なぜなら、その晩から昴宿は激しい大雨に見舞われた。
ひどい暴風雨で、もちろん山房に行くことなどできなくなったのだった。
それが大きく運命を変えてしまうことに、まだ董胡は気付いていなかった。

十、裏切り者

同じ頃、昴宿の近くでこの豪雨を恨めしそうに眺める男がいた。

「くそ……。すぐそこに百滝の大社があるというのに……」

森の中に張った天幕を近くの洞窟《どうくつ》に移動させて、いらいらと愚痴をこぼす。

「こんなことなら多少目立ってもいいから、昼のうちに行軍させておくのだった」

思わぬ足止めを食らって、すっかり機嫌を損ねた尊武だった。

「尊武様。なんとか全員、洞窟に避難させました。大きい洞窟があって助かりました」

黄軍の空丞将軍がびしょ濡《ぬ》れになりながら報告にやってくる。

生真面目な空丞は、雨の中、避難の遅れた者がいないか確認してきたようだ。

（ご苦労なことだ）

尊武は雨が降り出すと同時に洞窟に案内されて、小窓のように開いた横穴から外の様子が分かる特等席を用意され待機している。おかげでほとんど濡れていない。

そこは俄《にわ》か武官の玄武御曹司への、空丞の気遣いもあるのだろう。

ここまでの道のりも、体の大きさに反して細かな気配りのできる空丞のおかげで食事以外は心地よく過ごせている。

(こいつはなかなか使えるな。こういう男を部下に欲しいものだ)

よく動いて気の利く空丞を、尊武なりに気に入っていた。

「ところで今宵の飯はどうする?」

これから夕飯というところで雨が降ってきてしまった。

また干し肉と芋団子だろうかと不機嫌になる尊武に、空丞は晴れやかな笑顔を向ける。

「ご安心下さい! 実は黙っておりましたが、今日は特別な御馳走《ごちそう》の用意がございます。尊武様もきっと満足される夕飯となるでしょう」

「ほう……」

期待していなかったのだが、御馳走とはさすが空丞だ。

ここまで気の利く男だとは思っていなかった。

良い食材を今まで温存していて出さなかったのか。

(やはり使える男だな。欲しい)

なんとか自分の配下に取り立てられないものかと本気で考え始めた尊武に、空丞は元気よく告げる。

「今日の夕飯は、なんと! 鹿の丸焼きでございます!」

「………」

尊武は無言のあと、一呼吸置いてから聞き直した。

「鹿の……丸焼きだと？」

空丞は尊武の不穏な表情に気付かないまま、さらに嬉《うれ》しそうに続ける。

「はい！　実は今朝方、私の部下が森の中で鹿を仕留めたのです。雨が降るまでの間、煙が入らぬよう尊武様の天幕から離れた場所で丸焼きにしていたのですが、急ぎ洞窟に運び、今は少し温め直しているところでございます」

尊武はがっくりと肩を落とした。

「……なぜ丸焼きだ？」

鹿を仕留めたまでは良いとして、もっと他の調理法があったはずだ。

しかし空丞は首を傾げる。

「え？　もちろん丸焼きが一番美味《おい》しいからです。滅多に食べられない御馳走でございます。みんな早く食べたいと朝から焚火《たきび》を囲んでじっくりと焼き上げていました」

「………………」

尊武の脳裏に、青龍の宮で振る舞われた豚の丸焼きがまざまざと蘇《よみがえ》った。

「味付けはどうしたのだ？」

「塩をふんだんにぶっかけています。これがたまらなく美味《うま》いのですよ」

空丞はその様を思い描いて、恍惚《こうこつ》の表情を浮かべている。

黄軍所属ですっかり忘れていたが、そういえば空丞は青龍人だった。

青龍人とは尊武の認識では、大雑把な骨付き肉と芽花椰菜《めはなやさい》を冬中毎日食べて喜んでいる、頭の中まで筋肉で出来ている料理に無頓着《むとんちゃく》な人種だった。

(使える男だと思ったが、やはり部下にはいらぬな)

すぐにさっきまでの気持ちを覆《くつがえ》す。

青龍人とは食の好みが根本的に合わない。

そう考えると、やはりこの場に欲しいのは董胡しかいない。

(あの子猿がここにいればな。鹿の肉をうまく調理して美味にすることだろう)

いつの間にか董胡が作る料理を恋しく思っている自分に気付いて、慌てて頭を振った。

(別にあいつが恋しい訳ではない。あいつの作る料理が恋しいだけだ)

誰にともなく心の中で言い訳してみる。

「尊武様もお腹がすいたことでしょう。そろそろ出来上がった頃でしょうから、たっぷり取り分けて持ってきますね。楽しみにしていて下さい!」

人の好い笑顔で告げて立ち去ろうとする空丞を、尊武は慌てて呼び止めた。

「空丞将軍。少しでいい。そんなにはいらぬ」

「え？　遠慮なさらないで下さい。一番美味しい部位を山盛りにして持ってきますよ」

「いや、いい。みなの分がなくなるだろう」

空丞は驚いたように尊武を見つめた。

「なんだ？」

「い、いえ。尊武様がそのように部下を思いやる言葉を告げられたのは初めてのことでしたので……」

別に部下を思いやって言ったのではない。

鹿の丸焼きが食べたくないだけだ。

しかし空丞はすっかり感動したようだ。

「なんと。久しぶりの御馳走を部下のために遠慮なさるとは、尊武様は辛辣《しんらつ》で冷たい印象を持たれてしまいがちですが、本当は誰より部下思いの方なのですね。こういう時に、人の本性が見えるものでございます。尊武様に改めて感服致しました」

全然違うのだが、勝手に勘違いしてしまっている。

なんとも人の好い男だった。

(好い男だが、頭の中の甘ったるさは子猿と似たり寄ったりだな)

やはり部下にすると面倒だなと、引き抜く気持ちはすっかりなくなった。

「みなに尊武様の言葉を伝えて参ります。きっとみんな感動することでしょう」

「余計なことは伝えなくていい」

「尊武様……」

空丞はますます崇拝の目で見つめてくる。

「もういいから、早く行ってくれ！」

尊武は追い払うようにしっしと手を振った。

「はい。尊武様の崇高なお気持ちは、この空丞がしかと受け止めました！　すぐに料理をお持ちしますのでお待ちください」

元気よく告げて、空丞は去っていった。

（どうも調子が狂う）

立ち去る空丞を眺めながら、尊武はやれやれと頭を抱えた。

董胡に出会ってからというもの、どうにも調子を狂わされてばかりだ。

どうやら董胡の周りには、似たような能天気が集まっているらしい。

以前はもっと思い通りに人を操れていたはずなのに……。

予想外の行動をする者達が、合理的な尊武をかき乱していく。

（くそ。あの子猿のせいだ。鹿の丸焼きを食うことになったのも、大雨で足止めを食らったのも、全部子猿のせいだ！　会ったら覚えていろ。今度こそ尻《しり》を蹴《け》っ飛ばしてやる）

八つ当たり以外の何ものでもないが、尊武は一方的に腹を立てる。

だが、尊武の怒りよりももっと恐ろしい事態が董胡に降りかかろうとしていた。

◆

昴宿の大通りから小道を入った先に、高い門塀に囲まれた小さな邸宅があった。

外からは目立つ外観ではないが、玄関口から一歩入ると異国感漂う別世界がひろがっている。白亜の柱が立ち並び、床も磨き上げられた大理石でできていた。

天井はさほど高くはないが、石造りの壁面も弓なりになった扉の形も伍尭國では見られないものばかりだった。

少女がびしょ濡れの編み笠《がさ》を取って中に入ると、金茶色の髪をした男が無表情のまま頭を下げて招き入れた。そのまま案内するように奥に進む。

そして廊下の先にある扉を開くと、そこからは少女一人で行くよう手で指し示した。

その先は地下へ下りる階段になっている。

小さな平屋の建物は、この邸宅の玄関口に過ぎない。

その下に壮大な地下室が広がっていた。

長い階段を下りて目の前の大きな両開きの扉を開くと、大広間になっている。

そして、まるで王の通り道のように赤い絨毯《じゅうたん》が真ん中に細く敷かれていた。

赤絨毯の先には、五段ほどの壇上に置かれた椅子があり、男が座っている。

その両脇には、側近らしき男が二人。

少女は男の前まで進み出ると、跪《ひざまず》いて頭を下げた。

「なかなか抜け出せず、報告が遅くなって申し訳ございませんでした。ユラ様」

この大雨のおかげで、こっそり抜け出す隙ができたのだ。

こんな暴風雨の夜中に抜け出す者も侵入する者もいないと油断があったのだろう。

長い銀髪の男は壇上の椅子で足を組んだまま、にやりと微笑む。

「待っていたぞ。有益な情報を摑《つか》んだようだな。ルカ」

名を呼ばれ、少女はあどけない顔を綻《ほころ》ばせる。

「時間がかかってしまい申し訳ございませんでした。お后様《きさき》の一行に紛れるつもりが、芸団に連れていかれてしまい、先にお姉様の居場所を捜すことに致しました」

「ふむ。ナティアが見つかったようだな」

すでに密使によってそのことは伝達済みだった。

「まったく、手間をかけてくれる。私の許《もと》にいれば安全であったものを」

少し不機嫌になるユラを見て、慌ててルカは弁解する。

「お姉様はマゴイに恨みを持つ一部の貴族達に騙《だま》されたのでございます。マゴイの言いなりになったら其那國が崩壊するなどという諌言《かんげん》を信じてしまったのです」

「ふむ。無能な利権貴族達を粛清し、有能なマゴイが政権を持つのが腹立たしいのだろう。金欲に溺《おぼ》れた愚か者達の戯言《ざれごと》だ」

「はい。その通りでございます。お父様もお兄様もそう申しておりました。私はユラ様を信じます」

ルカの紺碧《こんぺき》の瞳《ひとみ》は、幼い正義に熱く燃えている。

愚かな貴族に騙された憐《あわ》れな姉を救うことが、自分の使命だと信じていた。

「お姉様が懐妊していることも産巫女《うぶみこ》によって確認済みでございます。マゴイの子で間違いございません」

それを聞いて、ユラの表情が柔らかくなった。

「そうか！　やはり懐妊していたか。大事な王家の血を持つ我が子孫だ。すぐに其那國へ連れ戻して出産の準備を整えよう。切開術のない伍尭國では母子共に死ぬのを待つだけだ」

ルカは先日見たニーナの恐ろしい出産を思い出して手を震わせる。

「……はい。ユラ様のおっしゃった通りでした。伍尭國に逃げ込んだ妊婦達はことごとく悲惨な死を迎えているようです」

「そうだろう。ナティアを救うためには其那國へ連れ帰るしかないのだ」

突然消えた姉を心配するルカは、ユラにそう言われて伍尭國に入り込むことにした。

確かに悪い噂も聞くマゴイだが、ルカにはみんな親切だった。

なによりこの美しいユラが、ルカを特別扱いしてくれる。

みんなが恐れおののくユラが、ルカにだけ優しいことが嬉《うれ》しかった。

ユラに選ばれた者であるという特別感が、マゴイに否定的な言葉のすべてを受け入れなくさせていた。

隠れ庵でナティアが話していたことも、一応同調するふりをしたものの、馬鹿な貴族に騙されてマゴイを悪く言う姉を憐れに思いながら俯《うつむ》いて聞いていた。

(お姉様も逃げ出したりせず、素直にユラ様に従っていれば大事にしてもらえたのに)

昔から真面目過ぎて融通が利かないところがナティアにはある。

(要領が悪いのだから、お姉様は)

それでも少し前までは聡明《そうめい》で思慮深い姉を尊敬していた。

父や兄や周りの貴族達も、賢いナティアに一目置いていたというのに。

一部の過激な貴族達に騙されて、おかしくなってしまったのだ。

一方の末っ子であるルカは、昔から甘え上手で世渡り上手だった。

誰に媚《こ》びれば一番いい思いができるかを本能で嗅《か》ぎ取ることができる。

ただ要領が良すぎて、一部の聡《さと》い人から疎まれることはあった。

そんな時、いつも庇《かば》ってくれたのはナティアだった。

ナティアを助けたいという気持ちは本当だ。

何をやっても姉には敵《かな》わないと劣等感を持つこともあったし、自分に教え諭すナティアが鼻につくこともあったが、ここにきてすっかり立場は逆転した。

マゴイの子を身ごもり、一人で其那國に逃げてきた孤独なナティアと、ユラに信頼されたことで父や兄からも一目置かれる存在となったルカ。

特別な者になったような優越感がルカを満たしていた。

(今度は私が憐れなお姉様を教え諭して、真っ当な道へ導いてあげなければ)

そのためにも、ナティアを死なせてはならない。

「其那國の切開術でお姉様に出産させるおつもりですか?」

ルカはユラに尋ねた。

「うむ。それ以外ないだろう? 放っておけば母子共に死ぬのだ」

「で、ですが……切開術では赤子は助かっても、母親は二人に一人は予後が悪く死んでしまうと聞きます」

「まあ……そうだな。それは仕方がない。だが二人に一人は助かるのだ。確実に死んでしまうよりはましだろう」

切開術を生み出したといっても、その技術はまだまだ未熟で、腹を切られる母体の安全は確立されていなかった。

「実は……伍兗國の不思議な力を持つお方なら、腹を切ることなく母子共に助けられるかもしれないのです」

「伍兗國の不思議な力？」

ユラは興味を持ったらしく聞き返した。

「はい。はっきりとは聞き取れなかったのですが、おそらく麒麟の力かと」

最後に旻儒と董胡が話していた内容は、襖《ふすま》の裏でこま切れに聞こえていた。

「麒麟の力を持つ者に会ったのか！」

ユラは目を輝かせた。

「はい。隠れ庵の近くにある山房で、お姉様の出産までその方が診てくださるという話でした。過去にもそのような治療をされたことがあるようです」

「なんと！　麒麟にはそんな力を持つ者もいるのか！」

人心を操ることしかできないマゴイとは違う。

麒麟の力は多種多様で計り知れない。

「やはり欲しいな、その力」

ユラは爪を嚙《か》みながら無邪気な子供のように呟《つぶや》く。

時折見せる童心に返った少年のようなユラの仕草も、ルカは好きだった。

「このままその方にお姉様を委ねてはいけないでしょうか？　私が側で見張り、子が無事に産まれたらすぐにお知らせします」

「ふむ。気付かぬふりをして、その麒麟の力がどれほどのものか確かめてみるか」

二人に一人死ぬような切開術よりも、できることなら腹を切らずに産んだ方がいい。

憐れな姉を死なせたくないという気持ちは本当だった。

「いいだろう。お前がその者の側にいて、麒麟の力を逐一報告するがいい」

「はい。お任せ下さい」

これでまた、ルカはユラにとってさらに特別な存在になる。

それが単純に嬉しかった。

さらに、ルカはもっと大きな功績を手に入れていた。

「実はもう一つ、重大な情報を摑みました」

「重大な情報？」

「はい。私が最初に接触した后の薬膳《やくぜん》師の一人が、その麒麟の者と旧知の仲であったようです。そこで二人が話しているところへ呼びにいくふりをして、密《ひそ》かに何を話しているのか聞いたのです。そして、驚くべき言葉を耳にしました」

「驚くべき言葉？」

ユラは首を傾げる。

ルカは肯《うなず》いて、ユラが一番欲しがっていた情報を告げた。

「聞き耳を立ててすぐに『皇帝の后』という言葉が聞こえてきました」

「皇帝の后⁉」

思った通り、ユラが食いついてきた。

「途切れ途切れで何の話なのかはっきり分かりませんでしたが、麒麟の者は薬膳師に向かって『あなた様を皇帝の后に選んだ』と話していました」

やけにその言葉だけがはっきりとルカの耳に飛び込んできた。

「どういうことだ⁉」

みんなが恐れるユラが、ルカの言葉の一つ一つに驚くのが心地いい。

側にいた二人の側近達も、ルカの評価をさらに上げたように見える。

ルカは少し得意げに説明した。

「最初、后達の部屋に連れていかれた時からおかしいと感じていたのです。ただの薬膳師に対して、侍女達の態度がおかしいと。無茶をする薬膳師に小言のようなことを言っていましたが、どうにも目上の者に対する言葉遣いのように思いました」

何も気付いていないかのように振る舞っていたものの、密かに聞き耳を立てて探っていた。幸いにも何も疑われることもなく、うまく立ち回れた。最初に十三歳だと告げたことが、ルカへの警戒心を薄めてくれたようだ。

「それに芸達者で、芸団の人達とも知り合いらしく舞台にまで上がっていました。巫女に扮《ふん》して舞っていたのですが、女装がやけに似合っていて気になっていたのです。もう一人の背の高い薬膳師の方は男性でしょうが、背の低い方は女性ということもあり得ると思われる容姿でした」

「ではまさか、その薬膳師が……」

ルカは肯いた。

「はい。どういう理由か分かりませんが、后《きさき》が薬膳師に扮して出歩いていたようです」

「后が薬膳師に？　伍尭國の姫君は宮の奥深くの御簾《みす》に隠れて、ほとんど人前に出ないと聞いていたが……」

ユラは怪しむように首を傾げる。

「そして『麒麟の力のようなものをお持ちではないですか？』と尋ねているのを聞きました。どうやら薬膳師の母が麒麟の力を持っていたような話だったのです」

「母が？　その子供ということは、麒麟の血筋だということだ！　間違いない！」

「はい。残念ながら薬膳師が麒麟の力を持っているのかどうか、それを聞く前に見つかってしまいましたが、麒麟の血筋だということに間違いはないようです」

ユラは立ち上がり壇上から下りて、跪《ひざまず》くルカの手を取った。

「よくやった、ルカ！　それこそが私が一番欲しかった情報だ！」

「はい！」

ルカはユラに褒められたことに小躍りしたくなる心持ちだった。

「玄武の后の方です！『鼓濤様』と呼ばれておりました」

「見事だ、ルカ！　他の使えぬ男達よりお前が一番優秀だ。素晴らしい働きだ」

「ありがとうございます」

ルカは頬を紅潮させて微笑んだ。

「私が目をかけただけあるな。これからも私のために働いてくれ」

「はい。お任せ下さい」

今のルカは、この美しいマゴイの男の役に立てることが何より嬉《うれ》しかった。

それは幼く淡い恋心ともいえる。

または恋慕。

白龍のいう未熟な愛。

十三歳のルカは、初めて知った未熟過ぎる愛に溺《おぼ》れてしまっていた。

十一、昴宿最後の夜

董胡は百滝の大社の部屋から、雨空を見上げてため息をついた。

暴風はいくぶんましになったものの、二日経っても雨は降り続いていた。

「早く止まないかなあ」

焦る気持ちで呟く董胡に、王琳が困った顔をする。

「まだ出掛けるつもりでございますか？　もういいではないですか。無事に白龍様を見つけ、鼓濤様が正しき血筋であったことが分かったのですから」

朱璃と王琳達には、白龍と話した内容をかいつまんで話した。

だがすべてを話す訳にはいかず、白龍がマゴイの子であることも、濤麗を想うあまりに嫉妬《しっと》の鬼と化したことも今のところ董胡の胸の内だけに秘めている。

白龍が知られたくないだろう内容ゆえに、朱璃にも言っていいものか悩んでいた。

母を殺したのが尊武の母であることも言っていない。

証拠があるわけでもなく、目の見えない白龍が気配を感じ取っただけのことを無責任に話す訳にはいかなかった。

特に茶民と壇々は、尊武に憧《あこが》れているだけに衝撃を受けるだろう。

次に尊武と会った時に平静を保てそうにないので、二人には特に話す内容を選ばなければならない。

ただ、董胡が濤麗と玄武公の娘で間違いないことだけはみんなに話した。

侍女達が一番知りたかったのはそこだろう。

王琳も、茶民と壇々も、それを聞いて心からほっとしたようだ。

これで憂いはなくなったと、すっかり浮かれている。

「何か気になることがあるなら、文をお出しになってはどうでしょう。麒麟の密偵が届けてくれるでしょう。ほら、鼓濤様のお知り合いの楊庵でしたか」

「楊庵……」

今は楊庵に会いたくない。

董胡の麒麟の力が、楊庵に呪いのようなものをかけているのだとしたら、しばらく距離を置いた方がいいのではないかと思ってしまう。

料理を作ることさえ怖くなってしまった。

良かれと思って作っていたのに、誰かを呪いにかけることになるかもしれないと思うと、もう恐ろしくて誰にも作ることができそうにない。

(私はもう料理を作ってはいけないのか……)

黎司の后になることに前向きだったのも、自分の料理で助けられると思ったからだ。

料理のできない董胡に、何ができるのだろう。

自分がひどく無力な者になったような気がして、どんどん自信がなくなっていく。

今まで思いのままに生きてこられたのは、料理という生き甲斐《がい》があったからだ。

その特技が董胡を形作り、すべての根幹をなしていた。

それが使えないと思うと、途端に不安が押し寄せてくる。

(私はこの先、何をして生きていけばいいのだろう)

料理のできない董胡なんて董胡ではない。

(皇帝の后となって、他の姫君のように男児を産み育てることを生き甲斐に……)

皇帝の后とはそういうものだと覚悟していたつもりだったが、実際は少しも分かっていなかった。后となっても料理を作り続ける自分しか思い描けていなかったのだ。

どれほどの逆境も、苦難も、料理があれば乗り切れると前向きになれるのが董胡の強みだった。

追い詰められても妙に冷静でいられるのは、自分の中に信頼できる核があったからだ。

その核を失った董胡は、ただの十七の少女に戻ったように頼りなかった。

(怖い……)

それは生まれて初めて感じる恐怖かもしれない。

料理を奪われただけで、こんなに脆《もろ》く不安定な気持ちになると思わなかった。

「何を不安になっておられるのですか？　もう心配事はなくなったではないですか。王宮に戻られたら、帝《みかど》に正直にお話しになればよろしいですわ。きっとお優しい陛下なら分かって下さいます」

やたらに不安がっている菫胡を王琳が宥《なだ》める。

麒麟の力のことも、まだみんなには話せずにいた。

(料理で呪いをかけていたなんて、みんなが知ったらどう思うだろう)

話した時のみんなの顔を想像すると怖くなる。

恋慕が絡まなければ大丈夫とも言い切れない。

それは濤麗の場合であって、菫胡も同じかどうかなんて誰にも分からない。

ぐるぐるとそんなことばかり考えていると、長雨の陰鬱《いんうつ》さと共に闇に堕《お》ちていくような気分になった。

「鼓濤様、よろしいですか?」

そんな鬱々《うつうつ》した部屋に、ふいに明るい声が響いた。

「朱璃様……」

禰古《ねこ》を連れて元気よく現れた。

菫胡が玄武公の娘で間違いないと聞いて、一番浮かれているのは朱璃だった。

そうと分かったら、早く王宮に帰りたくてしょうがないらしい。

雨が止んだらすぐに大社を出られるように準備を進めている。

「先ほど赤軍《せきぐん》の者より連絡があったのです」

何か情報があれば、朱雀の赤軍から朱璃に真っ先に連絡が行くようになっている。

「どうやら近くに黄軍と黒軍が来ているそうです」

「連絡？」

「黄軍と黒軍が？　どうして？」

菫胡は驚いた。

「ふふ。帝ですよ！　陛下が其那國の政変を聞いて、私達のことを心配して護衛を追加で送り込んで下さったようです。粋な心遣いではないですか。女心を懇々と言い聞かせてきた甲斐《かい》がありました」

「陛下が……」

しかも玄武の黒軍まで。

王宮ではずいぶん大事になっているようだ。

「雨が小降りになったらすぐにこちらに到着するとのことです。大宮司様の見立てでは、今晩のうちに雨は止むそうですし、明日の朝一で子宝祈願の水を取ってきて下さるとおっしゃっています。朝、その水を飲んで黄軍と黒軍が到着したら、すぐに王宮に向けて出発できるように手はずを整えてもらいました」

「明日……」

それでは、もう白龍に会いに行くことはできそうにない。

「出発をもう一日遅らせることはできませんか？」

「もう一日？　なぜですか？」

朱璃は怪訝《けげん》な表情を浮かべた。

「白龍様に……。もう一度白龍様に会って聞きたいことがあるのです」

「何を聞きたいのですか？　一番重要な鼓濤様の血筋については分かったのです。他に何かあるのですか？」

「それは……」

口ごもる董胡に、朱璃は肩をすくめた。

何か朱璃にも話せないことがあるらしいと、勘づいてはいる。

「だったら赤軍の者に文を届けさせましょうか？　いそいで届ければ出発までに返事をもらえるかもしれません」

「文……」

「黄軍と黒軍が迎えにまで来てくれるのに、一日足止めさせるのは厳しいでしょう。皇帝の命で動いている彼らを待たせる明確な理由が必要になります」

后《きさき》が薬膳《やくぜん》師に変装して白龍に会いに行きますなんて、当然言えるはずもない。

できれば直接白龍と話し合いたかったが、やはりそれはもう無理なようだ。

「わ、分かりました。では、急いで文を書きますので届けてもらえますか？」

うっかり途中で見られるようなことがあっても他人には理解できないように工夫した文を書くしかないだろう。白龍にだけ分かるように……。

この忌まわしい麒麟の力を誰にも悟られないように。

「急いで紙と筆を用意してくれる？　王琳」

「はい。すぐに」

董胡は慌てて文をしたためる。

(何と書けばいい？　私は母と似たような麒麟の力を持っています。麒麟の力を別の隠語に置き換えて……。人の欲する味が色となって視える……。どう書けばいいんだ)

急いで書かなければと思うのに、焦ってよい言葉が思い浮かばない。

「鼓濤様」

悩む董胡に壇々が声をかける。

「壇々。悪いけど後にして」

「ですが鼓濤様……」

「ごめん。今は急いでいるから」

珍しく余裕のない董胡に、壇々は困ったように告げる。

「でも楊庵殿が……董胡に聞きたいことがあると……玄関でお待ちですが……」

「楊庵が？」

董胡はどきりと筆を止めた。

今一番会いたくない相手だ。

どんな顔をして会っていいのか分からない。

きっと董胡の麒麟の力に一番影響を受けている。

かつて白龍や玄武公がなったように、麒麟の呪いにかかってしまったら。

どうしたらいいのか分からない。

白龍に一番に聞かなければいけないのはそのことだ。

「悪いけど……今は会えないって言って。王宮に帰ったら話を聞くから」

「ですが……」

「楊庵に会うなら医官服に着替えないとだめだから。そんな時間ないから。急ぐ話なら用件だけ紙に書いて渡してもらって」

「わ、分かりました」

玄関口で壇々に伝え聞いた楊庵は、思い詰めた顔でさらに頼んだ。

「董胡は会えないって？　少しでいいんだよ。会わせてくれ。お願いだ」

雨の中やってきたので、楊庵はずぶ濡《ぬ》れだった。

だから余計に壇々は気の毒に思っていた。

「すみませんが出来ません。とてもお忙しいようで……」

「なんだよ。こんなに頼んでいるのに……。なんでだよ、董胡」

「ごめんなさい」

すっかり落ち込んでいる様子の楊庵を見て、壇々は可哀そうに思った。

「どうせ俺なんか……董胡にとってはその程度の相手なんだろうな……」

「え？」

「俺は……ずっと董胡に騙《だま》されていたんだな……」

「楊庵殿？　あ、お待ちを！　用件があるなら紙に書いて下されば渡しておきますから」

「もういいよ。董胡に直接聞かないと意味がない」

「楊庵殿……」

声をかける壇々にぺこりと頭を下げて、楊庵は寂しげに大社を出て行った。

この時、楊庵に会わなかったことを、董胡は後でひどく後悔することになった。

◆

夜半過ぎまで白龍の返事を待っていた董胡は、御簾《みす》の中でうとうとしていた。

雨は大宮司達が見立てた通りようやく止んだようだが、赤軍に頼んだ密使も足場の悪い暗闇の中、あの急勾配《きゅうこうばい》の山房に行くのに苦労しているのだろう。

無茶な頼みを聞いてもらって文句を言うわけにはいかない。

密使が戻ってきたら、夜中でもいいから文を届けてもらうように頼んでいる。

王琳達は寝ていていいと言ったのだが、廊下で仮眠を取りながら交替の番をしてくれているようだ。

(みんなに迷惑をかけて申し訳ない)

もう料理ができないかもしれないと不安に思ってから、すべてが空回りしているように感じる。何もかも裏目に出て、周りを迷惑に巻き込んでしまっている。

自分から料理を取ったら、こうまで脆《もろ》いのだと痛感する。

(寝不足だから悪いことばかり考えてしまうんだ。私も少し仮眠を取ろう)

董胡は脇息《きょうそく》にもたれて、目を閉じた。


どれぐらい時間が経ったのだろう。

ふと、いつもと違う香の匂いで目が覚めた。

(なんだろう……。いつか嗅《か》いだことのある香りだけれど。なんだっけ?)

思い出せそうで思い出せない。

朦朧《もうろう》とした頭で目を開くと、思いがけない人物が目の前にいた。

「レイシ様……?」

なぜか弓を背負い武装している。

美しく精悍《せいかん》な横顔は何かを睨《にら》みつけ、右手は剣の柄《つか》を握りしめていた。

「レイシ様!」

董胡の声が聞こえないのか、黎司は険しい表情で剣を引き抜いた。

その視線の先には……。

「尊武様！」

なぜか尊武が同じように武装して立っていた。

黎司を睨みつけ、同じように剣をすらりと抜く。

「ど、どうしてレイシ様と尊武様が……」

だが二人とも董胡の声は聞こえていないようだ。

「董胡は私の専属薬膳師だ。五年も前からそう約束していた」

黎司は尊武に言い放つ。

「ふ。陛下はこいつの正体を知っていておっしゃっているのですか？」

尊武はあざ笑うように告げた。

「正体だと？　私はそなたよりもずっと以前から董胡を知っている。私のために努力して医師免状を取り、今は玄武の后に仕えている大切な薬膳師だ」

その言葉を聞いて尊武は高笑いをした。

「ははは。陛下は騙されていたのです。あなたはこいつのことを何も知らない」

「なんだと⁉」

二人は剣を構えながら言い合いをしている。

董胡は青ざめた。

「ま、待って！　尊武様、何を言おうとしているの⁉　それは私の口から直接レイシ様にお伝えするつもりです！　王宮に帰ったら話すと約束していたのです！」

だが尊武には聞こえていない。

「董胡は私を騙したりなどしない。お前などが董胡を愚弄《ぐろう》するな！」

黎司は怒り心頭で尊武に剣を振り下ろした。

カンッという金属音と共に、尊武がその剣を受け止め、なぎ払う。

「ふふ。おめでたい方だ。あなたは最初から騙されていたのですよ。こいつはあなたを騙して弄《もてあそ》んで、裏で嗤《わら》っていたのです」

「ち、違う！　そんなことしていない！　何を言うんだ！」

必死に反論する董胡の声は、やはり二人には届かない。

「黙れ！　董胡がそんなことをする訳がないっ！」

再び黎司の剣が尊武に振り下ろされる。

尊武はそれを受け止め、今度は攻撃に転じた。

カンッ、カンッ、と剣を打ち合う音が響く。

「そうまで言うなら、こいつの正体を教えてあげましょう」

剣を重ねたまま、尊武が言い放った。

「や、やめてっ！　尊武様、言わないで！」

董胡は叫んだ。

だが無情にも、尊武は告げる。

「こいつはそもそも女ですよ。一緒にいて気付かなかったのですか？」

尊武が鼻で嗤い、黎司は目を見開いた。

「董胡が女だと？　まさか……」

信じられないという表情で、初めて黎司が董胡の方を見た。

なぜか唐突に董胡の存在が認識されたらしい。

「嘘だろう、董胡？　女性は医師免状など取れない。麒麟寮にだって入れないはずだ。

そんな恐ろしい嘘をつき続けていたなんて……。まさか……」

董胡は青ざめたまま、ぶるぶると首を振った。

「ち、違うのです。聞いて下さい。いえ、確かに私は男と偽って麒麟寮に入り医師免状を取りました。でもそれはレイシ様の専属薬膳《やくぜん》師になりたかったから……」

ああ、だめだ……。

全然弁解になっていない。

董胡は紛れもなく法を犯し、世間を偽って薬膳師を名乗っているのだ。

黎司のためなんて、ただの言い訳だ。

なぜ許されると思ったのだろう。

普通なら許されるはずのない大きな罪なのに……。

「おまけに……」

まだ言葉を続ける尊武に、董胡ははっと顔を上げた。

「もっとんでもない嘘をついて陛下を騙していることをご存じですか？」

尊武が勝ち誇ったように言う。

「い、いやだ……。言わないで……。お願いだから言わないで、尊武様……」

董胡は泣きじゃくりながら必死に首を振る。

「他にもまだ……私に嘘をついているというのか？　董胡……」

黎司が蒼白《そうはく》な顔で尋ねる。

「違う……。そんなつもりじゃなかった……。戻ったら言うつもりだったのです。信じて下さい、レイシ様……うう……」

泣きながら訴える董胡だったが、尊武は無情にも最大の秘密を嬉々《きき》として暴露した。

「ふ。なんとこいつは、本当は玄武の一の后《きさき》、鼓濤なのです」

「な！」

黎司は呆然《ぼうぜん》と董胡を見つめた。

「女であることも、后であることも隠して、薬膳師の董胡として陛下を騙し続けていたのです。あなたが気を揉《も》んで翻弄《ほんろう》されるのを嗤いながら楽しんでいたのです」

「ま、まさか……」

黎司が青ざめる。

「ち、違う！　嗤って楽しんだりなんてしてない！　違うのです！　私は……」

言葉が出てこない。

何を弁解したところで事実は尊武の言う通りだ。

ずっと黎司を騙《だま》し続けていた。

目の前の黎司の表情には、信じていた者に裏切られた絶望と、浅はかな嘘で自分を騙し続けた軽蔑《けいべつ》がはっきりと見えている。

その侮蔑《ぶべつ》の表情が、どんな弁解も許さないと言っていた。

「ご、ごめんなさい……レイシ様。ごめんなさい……うう……」

許されるはずがなかった。

すべてを白状したら、黎司はこんな侮蔑の表情で自分を見るのだ。

きっと黎司なら分かってくれるなんて甘かった。

そんな訳がない。

どうして皇后になれるなんて思ったのだろう。

図々《ずうずう》しくて自分でも呆《あき》れる。

「董胡が鼓濤だったなんて……。鼓濤は清廉潔白でたおやかな姫君だと思っていたのに……。まさか男だと思っていた平民の董胡が……私の后とは……」

黎司は信頼していた鼓濤をも失ったように失望の表情を浮かべている。

そして尊武と重ねていた剣を力なく下ろして呟《つぶや》いた。

「私は……董胡も鼓濤も失った……」

「レイシ様……」

こうなることを、どうして想像できなかったのだろう。

すべて丸く収まることばかり期待して、最悪の事態を考えないようにしていた。

「ごめんなさい……。ごめんなさい……うう。レイシ様を悲しませるつもりなんてなかったのです。どうか……信じて下さい……ううう。ごめんなさい」

謝ることしかできなかった。

「五年前のあの約束は……何だったのだ、董胡。誰もが平等に夢を叶《かな》えられる世を作ってくれなんて……。その約束を守るために敵だらけの王宮で必死に生きてきた私は何だったのだ。平気で人を騙し続けるそなたなどを信じてきた私は……」

「レイシ様……」

黎司はすべての気力を失ったように項垂《うなだ》れた。

「そなたの料理を食べて、私は救われたと思っていた。そなたをいずれ専属薬膳師として迎え入れる日を目指して、どんな苦境にも耐え抜いてきた。私を希望に導くかけがえのない存在だと信じてきたのに……」

そして悲しげに董胡を見つめた。

「そなたは希望などではなかった。そなたは……私を破滅に導く者だったのだ」

「破滅……」

董胡は愕然《がくぜん》とした。

「そなたの料理は……私に破滅への呪いを植え付けたのだ……」

「破滅への呪い……」

董胡は両手で口を覆った。

(私は間違えたんだ……)

どこで間違えたのか。

皇帝が黎司であったことに気付いた時、すぐに后であることを告げれば良かった？

いや、董胡として再会した時に女であることを打ち明けていれば良かった？

いや、五年前に出会った時に女であることを、ちゃんと話しておけば良かった？

いや、行き倒れの黎司に料理を食べさせなければ良かった？

そうだ。そもそも最初から黎司を助けなければ良かった？

出会ったこと自体が間違いだった……。

「もう……どうでもいい……」

黎司は希望をすべて失くしたように呟いた。

「皇帝の立場も伍尭國もどうでもいい。私には最初から破滅の道しかなかったのだ」

「レイシ様っ！」

董胡に失望して、五年前に出会った頃のように自暴自棄になっている。

すべてに投げやりで死を求めていたあの日の黎司に戻ったのだ。

黎司は董胡から視線をはずし、尊武へ向き直った。

「私が目障りだったのだろう、尊武。玄武にとっては弟宮が即位した方が都合がいいはずだ。ならば好きにすればいい。私を斬り捨てよ」

「レイシ様っ！　いやだ！　そんなこと言わないで！」

董胡が叫んでも、もう黎司には何も聞こえていない。

「さあ、斬れ。尊武」

「やめてっ！　尊武様！　レイシ様を斬らないで！」

けれども尊武はにやりと微笑むと、剣を振り上げ告げる。

「礼を言うぞ、董胡。お前が料理で呪いをかけ続けてくれたおかげで、帝は自ら命を差し出してくれた。我が父がお前を玄武の后にしたのは大正解だったようだ。見事に自分の役割を果たしてくれたな」

「違うっ！　私はそんな役割なんて果たしていない！　違う……」

「何が違うのだ。現に、こうして帝は我が手に屈したではないか。お前が帝を見事に破滅に導いてくれたのだ」

「違うっ！　お願いだから、やめて！　レイシ様を斬らないで！」

「ふ。ずっと呪いをかけ続けていたくせに、今さら偽善者ぶるな」

尊武はあざけりと共に剣を振り下ろした。

ザッと嫌な殺傷音が響く。

「いやあああっ！　レイシ様っ！」

目の前で斬られる黎司を見て、董胡は絶叫していた。

全身から血を流しながら、黎司は董胡に手を伸ばす。

「董胡……。ずっと……私に……呪いをかけて……いたのか……」

「レイシ様っ！　レイシ様っ！」

「……信じていたのに……董胡……」

「いやあああ！　レイシ様っ！」

脇息《きょうそく》が倒れて、董胡ははっと目を覚ました。

気付くと、后部屋の御簾《みす》の中だった。

（夢？　夢だったのか？）

やけに臨場感のある夢だった。

「なんて不吉な夢を……」

けれども何か様子がおかしい。何だろう。

そしてすぐに気付いた。

「匂いだ。夢の中と同じ香の匂い……」

誰が焚《た》いているのだろう。

寝静まる前はこんな香ではなかったはずだ。

「王琳……」

みんなを起こさないように小声で呼んでみる。

廊下で密使の知らせがくるのを交替で待ってくれると言っていた。

「今は王琳じゃないのかな。茶民？　壇々？」

小声過ぎて廊下まで聞こえないのだろうか。

董胡は御簾を上げて、そっと厚畳《あつだたみ》から下りる。

「うっ……これは……」

御簾から出ると、さらに色濃い香りが漂っていた。

（何か変だ）

表着《うわぎ》の袖《そで》で鼻と口を覆い立ち上がろうとするが、体が信じられないほど重い。

立ち上がれないまま床に左手をついた。

ずきりと頭が痛む。

そしてきーんという耳鳴りが聞こえた。

耳鳴りはどんどん強くなって、やがて違う音となって董胡の頭の中に響く。

『私に……呪いをかけて……いたのか』

はっとした。

さっき夢の中で黎司に言われた言葉だ。

『信じていたのに……』

急にまざまざとさっきの夢が蘇《よみがえ》ってくる。

『お前はみんなを騙《だま》していたのだ』

耳のすぐ近くで聞こえる声。

「ち、違う。騙すつもりだったわけじゃ……」

『お前はみんなを騙して呪いをかけたのだ』

「違う……」

『得意の料理を作っていい気になって、みんなに呪いをかけ続けたのだ』

「ち、違う……」

両手で耳を覆っても、その声は頭の中から響いてくる。

『どこが違うのだ。お前がいる限り、周りの者は不幸になる』

「ち、違う。私はみんなに美味《おい》しいものを食べさせたかっただけだ」

『そのお前の偽善が大勢の者を不幸にしているのだ』

「わ、私が……」

頭の中に大音量で響く声に抗《あらが》えない。

その声こそが大いなるものの真実なのだと菫胡の頭の中が受け入れている。

『ここにいてはいけないのだ。お前はみんなを不幸にしてしまう』

「私がみんなを……」

『みんなを不幸にしたくないのなら、お前はここから立ち去るしかない』

「立ち去るって……どこへ……」

『心配はいらない。私が連れていってやろう。さあ……おいで』

「え……」

董胡はうつろな目を上げた。

目の前にはいつの間にか、大きな手が差し出されていた。

「おいで、鼓濤」

名を呼ばれて目の前に立つ黒い影に目を向ける。

頭から被《かぶ》った黒い外套《マント》の中に、白い顔が見えた。

紺碧《こんぺき》の瞳《ひとみ》の……美しい……作り物のように整った顔の男。

左手で頬かむりを外すと、サラサラと銀の長い髪がこぼれ落ちた。

「銀髪……」

董胡のうつろな目は、それを見ても驚かなかった。

もう、漫然と従うことしか考えられなくなっている。

「迎えに来たよ、鼓濤」

「あなたは……誰？」

董胡は朦朧《もうろう》とする頭で尋ねた。

「私はユラ。ずっと君を捜していたのだよ」

「ユラ……」

「さあ、鼓濤。私と一緒に行こう」

「あなたと……」

「そうだ。私と一緒なら、もう何も心配する必要はない」

「あなたと一緒に行けば、帝《みかど》は……不幸にならない？」

「ああ。そうだ。お前さえいなければ、帝は幸せになれるのだ」

「私さえいなければ……」

菫胡のうつろな瞳から、ぽろりと涙がひとしずく頬に流れた。

「さあ、この手を取って。一緒に行こう」

「この手を……」

菫胡はそっと手を伸ばす。

にやりとユラは微笑んだ。

だが、菫胡の指先が男の手に触れようとした、その瞬間。

「！」

菫胡の手を払いのけ、誰かがユラの手首を摑《つか》んだ。

「な！」

ユラは驚いて、その手の主を見る。

「お、お前……どこから現れた！」

今の今まで、他の者の気配などまるでなかったのに。

ユラの前には緋色《ひいろ》の袍《ほう》服を着て長い髪をなびかせた神々しい存在が立っていた。

「私の后《きさき》に触るな」

彼は静かな怒りを滲《にじ》ませ、摑んでいたユラの手首をなぎ払った。

ユラは床に尻《しり》もちをつきながら呟《つぶや》く。

「后……？」

そして瞠目《どうもく》した。

「まさか……お前は……伍尭國の……」

鼓濤のことを私の后と呼ぶ者は他にいない。

「陛下……!?」

はっと正気に戻った董胡も驚きの声を上げる。

目の前に鼓濤を守るように立つ黎司の背が見えていた。

「ど、どうやって現れたのだ！　お前は王宮にいるはずでは……」

ユラは狼狽《ろうばい》したように叫んだ。

「…………」

黎司はそれには答えず、ユラを静かに観察しながら睨《にら》みつけていた。

「まさか……麒麟の力……？　これが麒麟の力なのか!?」

ユラは目を見開き、想像以上の力に恐れをなしている。

「マゴイが何を企《たくら》んでいるのか知らぬが、我が伍尭國に手出しをすることは許さぬ」

地の底から怒りを吹き上げるような黎司の声音に、ユラはごくりと唾《つば》を飲み込んだ。

「伍尭國の皇帝は……こんなことが……できるのか……」

思っていた以上に強大な皇帝の力に慄《おのの》いている。

「天術とは神の御力をお借りするもの。されど神だから人を傷つけぬとは思わぬことだ」

「え……」

「皇帝といえど人である。大切な人を傷つける者がいたならば、容赦はせぬ」

「な……なにをする気だ！」

ユラは蒼白《そうはく》になった。

黎司は腰に差す神器の剣を引き抜く。

ユラは慌てて自分の剣も引き抜こうとした。しかしそれよりも早く……。

「風神《ふうじん》！」

黎司が告げると同時に、神器の剣が螺旋《らせん》の風に包まれた。

「な！」

ユラが剣を引き抜く暇もなかった。

黎司が剣を一振りすると突風が起こり、その直撃を受けたユラの体が吹き飛ぶ。

ユラは驚くほどの風圧で明障子《あかりしょうじ》と蔀《しとみ》にぶつかり、大きな音を立ててそのまま建物の外へ吹き飛んでいった。

あっと声を上げる間もなくユラの体は二階の部屋から地上に打ち付けられ、建物の前の斜面を転がり落ちていく。

「な……」

その威力に董胡も唖然《あぜん》としていた。

いつの間に、黎司はこんな力を身につけたのだろう。

これは、まさしく創司帝の時代に伝説となっていた天術の一つだ。

――剣で風を起こし千里先の敵をなぎ倒した――

王宮にいるはずの皇帝が、白虎の百滝の大社にいる敵を剣で吹き飛ばす。

誰もが夢物語の一つと思っていたことが、実際に目の前で起こったのだ。

「これが天術……」

神の御力を発した黎司自身が神々しく光り輝いている。

これこそが五尭國の真の皇帝。

本来あるべき皇帝の姿だった。

黎司は半壊した蔀を上げて、ユラが落ちていった斜面を確認しながら呟いた。

「この剣にこれほどの威力があるとは……」

想像以上の力に自分でも驚いていた。

神器の剣は黎司の腰に収まった後も、まだ僅《わず》かに螺旋の風を纏《まと》っている。

「……だが、今の私には一振りが限度のようだ」

風を起こす天術は、思った以上に体力を使うらしい。もはやこの地に姿を保つだけで精一杯だった。

「怪我はないか？　鼓濤」

背後の鼓濤に振り向いて声をかける。

いつの間にか燭台《しょくだい》の灯は消え、薄闇に包まれていた。

辛うじて鼓濤の輪郭が浮かぶ方へ近付きながら説明する。

「祈禱殿でそなたの危機が視えたゆえ、式神を飛ばしてみた。董胡が持つ私の髪を頼りに飛ばしたつもりだったが、うまくそなたの前に現れることができて良かった」

近付くにつれ、鼓濤の輪郭がはっきりしてくる。

よほど恐ろしかったのか返事もできないようだが、怪我はなさそうで安堵《あんど》の息を吐く。

「驚いたかもしれぬが、これは天術の一つだ。祖父の日誌を読んで少しだけ使い方が分かったのだ。半信半疑だったが、これほどの威力があるとは私も思わなかった」

改めてその力に感心しながら、さらに一歩近付いた。

「とにかく無事で良かった。鼓濤……。無事なのだろう？　返事をしてくれ」

いまだ無言の鼓濤を心配して、さらに近付き手を伸ばす。しかし。

「!?」

怯《おび》えた顔で自分を見上げている鼓濤を見て、動きを止めた。

「鼓濤……？」

祈禱殿の銅鏡に映っていた後ろ姿と同じ衣装を着ている姫君。

それは黒い表着を着た、紛れもない玄武の后のはずだった。

それなのに……。

「董胡……？」

青ざめた顔で自分を見上げているのは、董胡だった。

いや、いつもの角髪《みずら》姿の董胡ではない。

髪を結い、白粉《おしろい》をして紅を塗った美しい姫君の装い。

けれど、この姿を知っている。

少し前に夢で見た、朱雀で上楼君《じょうろうくん》に変装した妓女《ぎじょ》姿の董胡。

化粧は控えめだが、あの日夢で見た董胡だった。

夢の中で見た時の、黎司の体を突き抜けていった恍惚《こうこつ》を思い出す。

「ど、どういうことだ……董胡……」

黎司は混乱していた。

目の前で何が起こっているのか分からない。

「なぜ董胡が鼓濤の衣装を……」

董胡は目を見開いたままガタガタと震えていた。

「レイシ様……」

「そ、そうか。分かったぞ。マゴイの危険があると知って、そなたが鼓濤の衣装を着て
身代わりを演じていたのだな？　だから私の髪を持つ董胡の前に式神として現れること

ができたということか」

黎司は自分を納得させるように、この状況を説明する。

だが董胡は震えたまま何も答えなかった。

「そういうことなのだろう？　董胡」

確認するように問いかける黎司を前に、董胡は後ずさっていた。

「答えてくれ、董胡。なぜ答えない」

足を踏み出して近付いていく黎司から逃げるように、董胡はじりじりと下がる。

「まさか……。董胡が鼓濤であるはずがない。そうだろう？」

さらに近付く黎司に、董胡はぶるぶると首を振った。

「董胡。本当のことを答えてくれ」

董胡は震える手を握り合わせ、ようやく消えそうな声で答えた。

「……ご、ごめんなさい……。ごめんなさい……レイシ様……」

恐怖なのか絶望なのか悲しみなのか、理由の分からない涙が両目から溢《あふ》れていた。

「董胡……。謝らなくていい。私は本当のことを知りたいだけなのだ」

「ごめんなさい……。そんなつもりじゃなかったのです……私は……」

泣きじゃくる董胡に、黎司は手を伸ばす。

「謝るな、董胡。責めている訳ではない。謝らなくていいのだ」

けれど黎司の手を避けるように後ずさった董胡は、答えた。

「私は……レイシ様のお側に居てはいけなかったのです……」

黎司は一番恐れていたその言葉に慌てる。

「違う！　私はそんな言葉を聞きたいのではない。事実を知りたいだけだ」

「私はレイシ様を不幸にするのです。だから……」

「そんなことを聞いているのではないっ！　言うな！　お願いだから言わないでくれ！」

けれど董胡は涙に濡《ぬ》れた顔で最後の言葉を告げる。

「もう私は……レイシ様のお側にはいられないのです」

「董胡っ！」

黎司は叫んで董胡の腕を摑《つか》んだ……つもりだった。

だが、黎司の手は宙を掻き、董胡の体をすり抜けてしまう。

時間切れだとでも言うように、黎司の体が薄れ実体を失《な》くしていた。

「董胡！　行くな！　約束しただろう！　必ず私の許《もと》に帰ってくると！」

消えゆく体で手を伸ばしながら、黎司は必死に叫ぶ。

「待っている！　待っているから……。董胡っ！」

最後に名を呼ぶ言葉を残して、黎司の体は無念のまま消えてしまった。

「レイシ様……」

残像すら残らない暗闇を見つめながら、董胡は黎司の名を口にした。

（こんな風に正体を明かすつもりじゃなかった……）

最悪の事態になってしまった。

まださっきの香の匂いが漂っている。

この香のせいだろうか。

体が重くなるだけではなく、心まで暗い闇に沈み込んでいくような気がする。

黎司は、さっき夢で見たような董胡への否定も軽蔑《けいべつ》も感じさせなかった。

それなのに、ひどく悲観的な感情が頭の中を書き換えていく。

「もうだめだ。今頃レイシ様は、私の正体を知って失望しているはずだ」

「待っている」と言ってくれたはずの黎司の言葉が、夢で見た「信じていたのに」と呟《つぶや》く侮蔑《ぶべつ》の言葉に置き換わっていく。

「言うな！」と叫んでいた黎司の言葉が、董胡の裏切りへの叱責《しっせき》に代わっていた。

董胡を摑もうとした黎司の手が、罪人を捕らえる非難の手にすり替わる。

世界中が自分を責め立てているような気がする。

自分は善人側の人間だと、ずっと信じていた。

人に美味《おい》しい食べ物を作って喜んでもらえることが幸せだった。

料理で人の体が欲する栄養を補い、健康になっていくのを見ることが嬉《うれ》しかった。

けれど一方で、一部の人々に呪いをかけ続けていたのだ。

「私は善人などではなかった……」

そもそも男と偽って薬膳師《やくぜん》を名乗り、多くの人を騙《だま》し続けていた。

帝《みかど》までも……。

「とんでもない悪人じゃないか……」

自分の醜い正体を、今さら知ったような気がした。

白龍が、嫉妬《しっと》の鬼となった自分を知った時はこんな気分だったのだろうか。

自分への信頼が音を立てて崩れていくような絶望。

自分の醜さへの吐き気がするような憎悪感。

なぜ今まで平気で善人面をできたのだと嗤《わら》いたくなる。

自己否定が止まらない。

気付けば、こんな自分をここで終わらせてしまいたいと切に願っていた。

「このまま生きていくことが……苦しい……」

自分を否定する感情に支配されて、両手で顔を覆い罪悪感に悶《もだ》える。

「鼓濤様っ！」

その頃になって、ようやくばたばたと王琳達が董胡の許に駆け付けてきた。

「ご無事でございますか！」

「も、申し訳ございません。私が眠ってしまったばかりに……」

「壇々ったら、すっかり寝入ってしまっているのですもの。まったく」

交替で廊下にいた壇々は眠ってしまっていたらしい。

「ごめんなさい。だ、だって、気付いたら眠ってしまっていて……」

「壇々だけではないわ。玄関口にいた赤軍の衛兵も眠っていたそうです」

王琳は涙ぐむ壇々を庇《かば》うように告げた。

「まあっ！　この障子はどうなさったのでございますか⁉」

茶民は消えていた燭台《しょくだい》の灯をつけて叫んだ。

明障子が壊れ、蔀《しとみ》を上げると外の欄干まで一部崩れているのが分かった。

かなり派手に吹き飛んだはずだが、その物音には誰も気付いていなかったようだ。

おそらく王琳と茶民も、仮眠どころではない深い眠りの中にいたのだろう。

「大きな物音に異変を感じた麒麟の密偵が様子を見に来たら、赤軍の衛兵も私も眠ってしまっていたようでございます。本当に申し訳ございません、鼓濤様」

マゴイの侵入に誰も気付いていなかったのだ。

おそらくあの香のせいに違いない。

「いったい何があったのでございますか？」

王琳が、黙って俯《うつむ》いたままの董胡に尋ねた。

「マゴイが……」

董胡はまだ罪悪感に苛《さいな》まれたまま、辛うじて浮かんだ言葉を告げる。

「マゴイッ⁉」

三人は声を揃えて叫んだ。

この数日で、散々恐ろしい話を聞かされたマゴイだ。

その名を聞いただけで、三人とも震えあがった。

「マゴイが居たのですか？　ここに？」

王琳はすっかり動転していた。

「な、何かされたのでございますか？」

麒麟の姫君を狙っていると聞いていたが、まさか本当に后《きさき》の寝所まで入り込むとはみんな思っていなかった。

「お怪我は？　この障子は、ではマゴイが？」

「ううん。それは帝が……」

「帝？」

王琳達は顔を見合わせた。

王宮に居るはずの帝がどうして？　と思うのは当然のことだった。

「夢を見られたのですか？」

「そういえば、私も起こされるまで嫌な夢を見ていました。懐に入れていたお金がいつの間にか失くなっていて、大社の中を捜しまわる夢ですわ。肝が冷えました」

「まあ、茶民も？　私もよ。山盛りのお饅頭《まんじゅう》を運んでいて、階段で足を踏み外して饅頭と一緒に転げ落ちる夢ですわ。ああ、本当に悲しい夢でしたわ」

どうやら、あの香は眠気とともに悪夢に誘う効能があるらしい。

「鼓濤様ったら、夢にうなされて障子を蹴破《けやぶ》ってしまわれたのですか？」

「きっとマゴイの恐ろしい出産など見たからですわ」

王琳達は、董胡が悪夢を見て障子を壊したのだと思ったようだ。

「ち、違うよ。これは帝が……」

けれど到底信じられない話だろう。

説明したいのだけれど、どういう訳か言葉がうまく出てこない。

自分を責めるような言葉は次々に浮かんでくるのに、それ以外の言葉が思い出せない。

「とにかくご無事でなによりですわ。鼓濤様が落ちなくて良かったです」

「目の前は崖《がけ》のような斜面ですもの。ここから落ちていたら死んでいますわ」

三人は外を覗《のぞ》き込んで肩をすくめた。

手燭《てしょく》で照らしてみると、障子の枠と折れた欄干の一部が地面に転がっていた。

（あの銀髪の男……ユラは死んだのだろうか……）

董胡はまだおぼつかない頭で、ぼんやりと考えていた。

「祭主様には明日謝って弁償致しましょう。きっと許して下さいますわ」

「そうね。壇々がぶつかって壊したことにしましょう」

「まあ！　茶民ったら、ひどいわ。いくら私でもそんな粗相はしないわ」

「だってお后様が蹴破ったなんて言えないでしょう？」

「だったら茶民が壊したことになさいよ」

「嫌よ。居眠りしていた罰よ。壇々がしたことにするわ」

すっかりいつもの二人の言い合いが始まった。

ここにマゴイが居たことも董胡の見た夢だと思っているらしい。

「鼓濤様っ！　大丈夫ですか？」

やがて朱璃も心配してやってきた。

そしてやはり残骸《ざんがい》だけになった障子に驚いている。

「我が赤軍の衛兵が眠ってしまっていたようで、申し訳ございません。怪しい香が焚《た》かれていたようですね。麒麟の密偵が、侵入者が居ないか外を見回ったようですが、壊れた障子の一部が落ちていたと聞いて驚いてこちらに来たのです」

朱璃も物音には気付いていなかったようだ。

あの香が漂っていた后一行の部屋近くの者は、全員深い眠りの中にいたらしい。

普段の董胡であったなら、すぐに香の成分を探り出そうとしたはずだ。

けれど、今の董胡は頭の中が朦朧《もうろう》としていて、何も考えられなかった。

「眠い……」

体が鉛のように重くて、瞼《まぶた》さえも重くて開けていられない。

「鼓濤様？」

朱璃は様子のおかしい董胡に不安を浮かべる。

いつもの董胡ならこんな事件に巻き込まれたら、大人しくしていろと言ってもじっとしていないはずなのに。

「そうでした。今しがた赤軍の使いの者が白龍様からの文を預かってきたのです。これを董胡にと……」

「後で見るよ……」

朱璃はますます怪訝《けげん》な表情を浮かべた。

「後でって……寝ないで待っていた文ではないのですか？」

「……うん。だけど今は眠いんだ……ごめん、朱璃様」

鼓濤姿の時は、なるべく姫君らしい言葉遣いをするよう気を付けていた董胡だったのに、今はそれすらも忘れている。

「鼓濤様……」

朱璃は窺《うかが》うように王琳を見た。

「何か悪い夢を見られたようで、さっきから様子がおかしいのでございます」

全員が不安そうに見守る中、董胡はついに瞼を閉じて眠ってしまった。

「とにかく寝所に運びましょう。山登りで疲れたのかもしれない」

「ただの睡眠不足なら良いのですが……」

結局、姫君装束の董胡を朱璃が運び、そのまま朝まで眠りについたのだった。

◆

同じ頃、黎司は祈禱殿で目を醒《さ》ましていた。

董胡の手を摑《つか》もうとして、届かぬままの右手を伸ばしたままだった。

まだ腰に差した神器の剣は残り香のような風を纏《まと》っている。

それが夢ではないと証明していた。

「董胡……。董胡が……鼓濤だったのか……どうして……」

まだ頭の中が混乱している。

「女であることは分かっていたが……どうして董胡が玄武の后に……」

初めて会った時は、斗宿の貧しい治療院で働いていた平民の子だったはずだ。

その服装から男児だと思い込んでいたのは黎司の勘違いだった。

董胡がわざと嘘をついた訳ではない。

その後、黎司の薬膳《やくぜん》師になるために男と偽って医師免状を取ったことは、約束させた自分にも責任があると思っている。

だからこそ、女性が医師免状を取れる世にしようと奔走していた。

「その董胡が……どうして玄武の后に？」

平民の娘が玄武の后になる理由が分からない。

「玄武公が謀ったのか？　玄武の一の姫は過去に連れ去られて行方不明と聞いたが、その鼓濤に成り代るように命じられて？　でもなぜ、董胡が？」

鼓濤に成り代るなら、平民の娘ではなく貴族の娘を探すだろう。

わざわざ平民の娘を后に仕立てる理由が分からない。

そして、はっと気付いた。

「そうか。医師免状を取った時に女とばれて、脅されたのか……」

ちょうど替え玉を探していた時に、年も同じぐらいの董胡がたまたま現れた。

そして負い目があるのをいいことに、成り代るように命じた。

そう考えるのが自然だった。

「鼓濤は玄武公を嫌っているようであったが、ずっと脅されていたということか」

そうしてこれまでのことを振り返ると、いろいろ辻褄《つじつま》が合ってきた。

「鼓濤が私に姿を見せたがらなかったのは……董胡だったからか……」

どれほど濃い化粧をしたところで、黎司が気付かぬはずがない。

「そういえば、鼓濤と董胡が一緒に居たことはなかった」

鼓濤が居る時は董胡が居ないし、董胡が居る時は鼓濤が居なかった。

特にそれを怪しむこともなかったが、改めて思い返すと確かにそうだった。

鼓濤が偽物の玄武の一の姫だろうことは分かっていたが、成り代るなら貴族の姫君だと思い込んでいたため考えもしなかった。

「そうだったのか……董胡。隠し続けることは……どれほど苦しかったことだろう」

黎司には董胡を責める気持ちなどまるでない。

ただただ、今の今まで気付かなかった自分が不甲斐《ふがい》なかった。

「なぜ気付いてやれなかった……」

玄武の后宮《きさきぐう》で生き生きと薬膳の蘊蓄《うんちく》を述べる鼓濤を思い出す。

薬膳師の董胡から伝え聞いているのだと思っていたが、あれはまさしく董胡だった。

少し声色を変えていたのだろうが、料理が好きで人に美味《おい》しい物を食べさせることが生き甲斐のような、紛れもない董胡の言葉だった。

「愚かな……なぜ気付かなかったのだ。私はとんでもない愚か者だ」

気付く機会はいくらでもあったはずだ。

平民の娘という思い込みが、黎司の目を曇らせていた。

そしてまた、見事に姫君らしい言葉遣いと振る舞いを見せる鼓濤を、貴族の育ちに違いないと思い込んでいた。

「なぜもっと早くに話してくれなかったのだ」

だがすぐにその理由にも理解が及んだ。

「男と偽って医師免状を取ったからか。いや、明らかに偽物の一の姫だとばれるからか」

どちらにせよ、世間に知れたら大きな罪となる。

「いや……それを裁かねばならない私を思いやってのことかもしれぬな」

董胡ならそれを一番に考えそうだ。

白虎に行く前に鼓濤が言っていた言葉を思い出す。

──陛下が思うよりも私は……罪深い人間かもしれません──

すべて正直に話して、黎司の裁可を受け入れるとも言っていた。

裁かれる覚悟で話すつもりでいたのだ。

黎司は「ふ……」と呆《あき》れたように笑った。

「なぜそんなことを思ったのだ。私が董胡を裁くなど……」

できるはずがなかった。

「分からないのか、董胡」

黎司は頭を抱えて呟《つぶや》いた。

「そなたを失うぐらいなら……私は鬼にでもなれる。そなたを失わぬために、その身のすべての罪を私が請け負おう。皇帝の権力のすべてを使ってでも、罪を帳消しにして我の許《もと》から離さない。身勝手な独裁者にだってなってやろう」

黎司にとって自分がどれほど大切な存在なのか、董胡は分かっていない。

「私の側にいられないだと？　そんなことは許さぬ。私を不幸にするだと？　できるものならしてみるがいい。そなたを失う以上に不幸なことなど何もない」

黎司に迷いはなかった。

「だからどうか……約束通り帰ってきてくれ、董胡。そしてきちんと話そう」

話せばきっと分かり合えるはずだ。

夢の中で泣きじゃくっていた董胡の姿に心が締め付けられる。

今すぐ飛んで行って話をしたい。

けれど、天術はひどく体力を使う。

神器を使った後は、式神の体を保てないほど気力体力を失った。

回復に時間がかかることは分かっている。

「神器には魂名《たまな》があるのだ。初めて鼓濤の后宮に行った時、私は知らずにその魂名を告げていた。それゆえ風が起こり、御簾《みす》が切れたのだ」

まだ玄武の后に不信感しかなく、玄武公が暗殺者を忍び込ませたのだと思っていた。

その暗殺者を少しばかり脅かしてやろうと思ったはずが、御簾を切り裂いてしまった。

祖父の日誌を読んで、神器に名があることに気付き、あの日どんな言葉を使ったのか思い返してみた。そして『風神』という言葉を思い出したのだ。

ためしに日誌に『風神』という言葉を書こうと思っても、書けなかった。

魂名には言葉自体に封印がされている。

皇帝だけが書けぬ言葉は、皇帝だけが使うことを許された神器の魂名なのだ。

「そなたが魂名を教えてくれたのだ、董胡」

皇帝としての黎司があるのは、すべて董胡と鼓濤のおかげだ。

誰が何と言おうと、黎司にとって失うわけにはいかない存在だった。

「どうか、私の許に無事に帰ってきてくれ。頼む、董胡」

黎司は祈るように両手を強く握り合わせた。

十二、操られた董胡

「鼓濤様、鼓濤様っ！」

翌朝になって王琳達が揺り起こしても、董胡は眠り続けていた。

「困りましたわ。あの変な香のせいでしょうか？」

部屋に置かれた香炉を調べてみると、王琳が焚《た》いた香と違う燃えかすが残っていた。

おそらく玄関口や廊下でも焚かれていたのだろう。

鼓濤の部屋以外は持ち去られたようだが、誰かが侵入したことは確かだった。

「てっきり鼓濤様の夢の話だと思っていましたが、本当にマゴイが現れたのでしょうか？　朱璃様」

様子を見に来た朱璃に、王琳は不安げに尋ねる。

「赤軍の話では、斜面に人が転がり落ちたような跡があったようです」

「まあ！　では夕べ鼓濤様が話されたことは事実だったのでしょうか？」

王琳は青ざめた。

「帝《みかど》が現れたっていう話ですか？」

「はい。明障子を吹き飛ばしたのは帝だとおっしゃっていたのですが……」

「あり得ますね。帝が天術でマゴイを追い払ったのかもしれませんよ」

「な、なんということでございましょう。私がお側についていながら、そのような危険な目に鼓濤様を……」

帝が現れなければ、もしかしたら今頃マゴイに攫《さら》われていたかもしれない。

そう考えるとぞっとした。

「王琳のせいではありません。みんな香で眠らされていたのです。ただ、どうやってここまで入り込んだのでしょう」

麓《ふもと》からの道は、赤軍や密偵がいるから容易に入れないはずだ。

「考えられるとすれば……この大社にいる誰か……。神官の暮らす棟から入り込んだとしか思えないのですが……」

地下の回廊でつながっている厨房《ちゅうぼう》への通り道。

確かそこに神官棟に行く階段があった。

「で、では大社の神官様の誰かが手引きして？　まさか、そんな……」

麒麟の神官だからと安心していた。それに地下の回廊から来るにしても、玄関口は必ず通ることになる。玄関口には赤軍の衛兵がいるから大丈夫と思っていた。

「それに、なぜ鼓濤様を狙ったのでしょうか？　麒麟の姫君を狙っていると聞きましたが、鼓濤様が皇女の血を引いていることなど、僅《わず》かな者しか知りません」

昨日、董胡から白龍の話を聞いた王琳と茶民と壇々。それに朱璃と禰古ぐらいだ。

「ま、まさか、この中の誰かが漏らしたと？」

「分かりません。ですがマゴイは人心を操ると言っていました。知らぬうちに操られている者がいるのかもしれません」

「そ、そんな。どうしたら良いのでしょう？」

王琳は青ざめた。

「とにかく、とっとと昴宿から出ることです。ちょうど帝が寄こして下さった黄軍と黒軍が先ほど麓の天幕に到着したようです」

「黄軍と黒軍が到着したのですか？　それは心強いことですわ」

王琳はほっと息を吐いた。

「後のことは軍に任せましょう。マゴイも帝がなんとかしてくれるでしょう」

「さようでございますね。私達はとにかく鼓濤様をお守りして王宮に戻りましょう」

朱璃は肯《うなず》いた。

「祭主様達への別れの挨拶《あいさつ》は私が一人でします。子宝祈願の水は私が受け取り、後で鼓濤様に飲んでいただけばいいでしょう」

「お願い致します。鼓濤様は眠り続けたままですし」

「それから念のため、道中は侍女の誰かが后装束を着て、鼓濤様の身代わりをした方がいいでしょう」

「そ、そうですね。では茶民にお願いしましょう」

マゴイの心配もあるが、この状態の鼓濤では后《きさき》の振る舞いもできそうにない。

「鼓濤様は医官服に着替えさせて下さい。私が牛車《ぎっしゃ》まで抱き上げて運びましょう」

「わ、分かりました。后装束では抱き上げるにも重過ぎますわね」

抱き上げる朱璃も動きやすいように医官服に着替えることにした。

「大丈夫です。この大社さえ出れば、後は黄軍や黒軍もいることですし、マゴイもさすがに手出しできないでしょう」

「は、はい。急いで着替えをしましょう」

王琳は肯いて、出立の準備を始めた。

百滝の大社の周辺は、朝早くから騒がしかった。

裏道の先にある虎威大山《こいだいせん》の麓一帯は、赤軍と黄軍と黒軍が入り乱れ、おまけに朱雀の芸団の天幕もあり、これから合戦でもあるのかという物々しさだった。

昨晩までの大雨の影響で、大きな滝は轟音《ごうおん》をたてて流れているし、普段は枯れて名ばかりの滝だったところも、すべての滝という滝が豊かに流水を作っていた。

特に三段滝から流れ込む大河は濁流となり、何ヵ所かで氾濫《はんらん》を起こしているらしい。

大きな被害はなかったようだが、道の状態は悪かった。

黄軍と黒軍は夜半から泥濘《ぬかるみ》の中を進んだせいで、泥にまみれている。

軍兵達はそれぞれ衣装の泥を払い武具を滝の水で洗って、再出立の準備をしていた。

「ふーん。あれが伍尭國の軍隊か……。動きにくそうな衣装だけど、あれで戦えるのかなあ」

虎威大山の暗い山陰《やまかげ》から麓の様子を眺めながら、一人の男が呟《つぶや》いた。

「伍尭國はしばらく大きな戦争もなく、東の遊牧民と小競り合いのある青軍《せいぐん》以外は、大した戦力でもないと言われています」

側にいた別の男が淡々と説明する。

「それでよく今まで侵略されなかったことだ。結局、皇帝の天術によって守られているということか……」

「はい……」

あっさり認められて、男は不機嫌に鼻を鳴らす。

「ふん。確かに思った以上の力だった。よくもこの私をこんな目に……」

ぎりりと唇を嚙《か》みしめる男は、左腕を黒い布で固定されていた。

陶器のように美しい顔にも青い打撲痕《こん》があり、足や腰も打ち身だらけだった。

「危うく死ぬところだった。皇帝め。この借りは必ず返してやる」

顔を隠すようにすっぽり被《かぶ》ったフードの中で、ユラは憎しみを込めて呟く。

二階から吹き飛び山の斜面を転がり落ちたユラだったが、打ちどころが良かったのか、悪運が強いのか、左腕の骨折ぐらいで命拾いしていた。

「それで？　ちゃんと鼓濤に水を飲ませたのだな？　祭主」

ユラは隣に立つ大社の祭主に尋ねた。

「はい。大社にいる間に飲まなければ子宝祈願の効力がなくなると伝えました。すでに飲まれているだろうと思います」

祭主は感情のないうつろな目で告げる。

その背後には、寄り添うように銀髪の男がもう一人立っていた。

祭主を操ることを担当しているマゴイだった。

祭主を使えば、大社の中を牛耳ることも容易だった。

「ふ……。皇帝め。これほどの軍を送り込んで守ろうとする后だ。よほど大事な存在なのだろう。その大切な掌中の珠《たま》を奪われたら、さあ、どうする？」

言ってから「くく」と笑う。

まるでやんちゃ盛りの少年がいたずらをする程度の認識しかない。

マゴイは悪に目覚めた瞬間から精神の成長を止めると言われている。

気に入らない者は殺す。欲しいものは奪う。従わない者は許さない。

復讐《ふくしゅう》はじわじわと時間をかけて、相手が一番嫌がることを繰り返し念入りに何度も。

自分と同じ闇へと丁寧に導き、そして息の根を止める。

明晰《めいせき》な頭脳を持ちながら、どこまでも幼稚で残酷。

それがユラ・マゴイという男だった。

「迎えに行ってやれなくてごめんよ。昼の日差しは私の肌には毒となる。この洞窟《どうくつ》で待っているから、自分で来るのだよ、鼓濤」

誰もいない空間に向かって、ユラは囁《ささや》いた。

「さあ、おいで。鼓濤。ようやく見つけた私の大切な姫君」

ユラはにやりと微笑むと目を瞑《つぶ》り、鼓濤に呼びかけていた。


その頃、董胡は控えの間で医官服に着替えさせてもらっていた。

「鼓濤様。起きて下さいませ。衣装を着替えますよ」

「うん……」

董胡はまだ朦朧《もうろう》としながらなんとか起き上がり、言われるままに着替える。

「昴宿を出るまで茶民が鼓濤様の衣装を着て身代わりを致します」

「そう……」

ぼんやりと生返事をする董胡に、王琳はてきぱきと医官服を着付ける。

そこに朱璃が現れた。

「鼓濤様。子宝祈願のお水をもらってきましたよ」

「朱璃様。祭主様へのご挨拶は終わったのですか？」

王琳が尋ねる。

「ええ。玄武のお后様は体調が優れぬので、私一人でご挨拶をしますと言っておきましたよ。別に怪しまれることもなく、鼓濤様の分の祈願の水を小瓶に入れてくれました」

「ありがとうございます、朱璃様」

王琳は、着替え終えてまた寝ようとする董胡の代わりに礼を言う。

「いいのですよ。それよりこの水は大社で飲んでいかないとご利益がないと言われました。鼓濤様は飲めそうですか？」

「まあ、そうなのですね。鼓濤様、もう一度起きて飲んで下さいませ」

「う……ん……」

董胡は迷惑そうに生返事を返す。

「まったくしょうがないですね。起きて下さい、鼓濤様」

朱璃が董胡の背中を起こし、口元に小瓶を付ける。

無意識のうちに、董胡はこくりと喉《のど》を鳴らして水を飲んだ。

「ほら。子宝祈願の水なのですから。しっかり飲んで帝《みかど》の子を産んで下さいよ」

朱璃は小瓶を傾け、最後の一滴までしっかり董胡に飲ませた。

董胡はなんとか飲み干すと「眠い……」と呟いて再び目を閉じる。

その様子を見て朱璃はため息をついた。

「いったいどうなってしまったのでしょう、鼓濤様は」

「このまま元に戻らなかったらどうしましょう」

王琳はいつもと違い過ぎる董胡の様子が心配でたまらない。

「あの香のせいなら、そのうち効能が抜けるでしょう。王宮に戻るまでには元に戻りますよ。大丈夫です」

「そ、そうでございますよね」

楽天的な朱璃に救われる。

「さあ、私達は鼓濤様が寝ている間に急いで出立の準備をしましょう」

「はい。急いで茶民を后らしく仕立て上げなければ」

「ええ。私も医官服に着替えてきます」

こうして、寝ている董胡を残して、それぞれ大社を出る準備を進めた。


董胡は深い眠りの中で、再び夢を見ていた。

「信じていたのに……董胡……」

尊武に斬られて血まみれの黎司が呟く。

夕べ見た悪夢の続きからだった。

黎司が目の前に現れてマゴイを追い払った現実は、なぜか飛ばされていた。

「私をずっと騙《だま》していたのだな、董胡」

軽蔑《けいべつ》の目で自分を見る黎司に、再び絶望がこみ上げてくる。

「そうだった……。もうレイシ様にばれてしまったんだ……」

そこだけは覚えていた。

負の感情を思い起こす断片だけが、現実のものとして記憶に残っている。

「レイシ様は何と言っていた？　どんな顔をしていたっけ？」

大事なことがよく思い出せない。

董胡に呆《あき》れ失望していたような気がした。

負に偏った認識が、事実を捻《ね》じ曲げていく。

『忘れたのか、鼓濤』

ふいに頭の中に声が響く。

「え……？」

『帝はお前に言ったではないか。もう顔も見たくないと』

「帝が……？」

『二度と私の前に現れるなと言っていたではないか』

「帝がそんなことを……？」

思い出せないけれど、言われたような気がしてくる。

『帝は心底呆れて、お前を捨てたのだ』

「私を捨てた……」

董胡の目から涙が溢《あふ》れる。

「嫌だ……。私は嫌われてしまったの？　もう会えないの？」

わっと両手で顔を覆い、子供のように泣きじゃくる。

『会わない方がいいのだ、鼓濤。帝をこれ以上苦しめたくないだろう？』

「帝を苦しめる……私が？」

『そうだ。お前が側にいると帝が不幸になる』

「私が側にいると帝は不幸になるの？」

『そうだ』

はっきりと告げられて、董胡は絶望する。

「そんな……。私はどうすればいいの……」

そして頭の中の声は、勝ち誇ったように告げる。

『私と一緒においで。私の側にいればもう何も心配する必要はない』

「あなたと……」

『さあ、立ち上がって。私の言う通りに歩いてくればいい』

「立ち上がって……」

董胡はうつろな目のまま、立ち上がった。

不思議なことに、あれほど重かった体が真綿のように軽い。

ふわふわと軽い足取りで廊下に出ると、部屋の中から侍女達の声が漏れ聞こえてくる。

「ほら、じっとして茶民。髪が結えないわ」

「顔が見られることはないと思うけれど、后《きさき》らしい化粧はしておかないと」

「王琳様～。ばれないでしょうか。不安ですわ」
慌ただしく茶民の髪を結って化粧をしているらしい様子が分かった。
みんなに声をかけることもなく、菫胡はふわふわと階段を下りていく。
玄関口を守る赤軍の衛兵は、何度も見かけた薬膳《やくぜん》師の菫胡にぺこりと挨拶《あいさつ》をした。
菫胡はそれも素通りして、さらに地階へと下りていく。
朝でも薄暗い廊下には誰もいなかった。
厨房《ちゅうぼう》の方へ向かっていくと頭の中の声が指示をする。
『その階段を上って』
菫胡は指示通り、途中の神官棟へ通じる階段を上った。
『そこを右へ』『手前の階段を下りて』『その先を左へ』
頭の中の指示通り、どんどん歩いていくと地下の抜け道に出た。
神官棟から虎威大山へ通じる地下道だった。
ゆらゆらと誰もいない地下道を進んでいくと、やがて滝の流れる虎威大山に出ていた。
神官達が滝の水取りに来るための近道だった。
『さあ、もうすぐだよ、鼓濤』
頭の中の声が菫胡を誘う。
『そのまま山を登っておいで。すぐに会えるよ』
菫胡は言われるままに、山を登り始めた。

同じ頃、軍の待機する麓《ふもと》では、尊武が不機嫌を極めていた。

到着と同時に昨晩のマゴイの侵入を聞き、各軍の上官が集まって会議が開かれた。

そして侵入したマゴイの捕縛よりも、まずは后達を王宮へ連れ帰ることを最優先にすることが決まった。このまま準備が整い次第、王宮へ向けて再出発となる。

夜半からの行軍で疲れ切っている中、休む暇もなくすぐの出立だ。

優雅に育てられた玄武の御曹司には、中々きつい行程だった。しかも。

「くそっ！　なんだ、この泥だらけの服は！」

美しく着こなしていた武官装束は、分厚い泥跳ねが付いて重く薄汚れていた。

「替えの袴《はかま》を持って来い！　全部着替える！」

最初は馬に乗っていたものの、馬も泥に足を取られてへばってしまい、仕方なく泥の道を歩いてきた。おかげで泥まみれになったのだ。

「す、すぐにお持ちします！」

側にいた軍兵達が慌てて着替えを探しに行く。

雅《みやび》を愛する尊武には、耐えがたい泥の行軍だった。

「まったく。誰のせいでこんな目に遭ったと思っている。子猿の尻《しり》を蹴飛《けと》ばすぐらいでは気が済まないぞ。会ったらどうしてくれようか。疫病神め」

八つ当たりはますます苛烈《かれつ》になり、いらいらと一人呟《つぶや》いた。

「だいたいマゴイも何を血迷っている。鼓濤の部屋に侵入しただと？　麒麟の姫君が欲しいのだろう。どこの馬の骨とも分からぬ子猿を攫《さら》ってどうするつもりだ」

尊武はもちろん、董胡が本物の鼓濤だなどと思ってもいなかった。

いつの間にか事態がさらに深刻になっていて、誤算だらけだ。

百滝の大社に着いたら、一休みして湯にでもつかり、旅の疲れを癒《いや》してから、ついでに子宝祈願などとのたまう董胡をからかいに行って、料理の一つも作らせよう。

そんなことを考えていたというのに、一休みどころの話ではなくなっていた。

「危うく攫われそうになっただと？　隙だらけの能天気だからそんなことになるのだ！」

相も変わらず迂闊《うかつ》な董胡が腹立たしい。

「あの間抜けめ！　くそっ！」

汚れた闕腋袍《けってきのほう》も半臂《はんぴ》も脱ぎ捨て、単衣《ひとえ》と中の白袴だけの姿になる。

ほとんど下着姿といっていい。

すぐに出立するため天幕も張らずに着替えるしかなかった。

尊武にとっては耐え難い屈辱の連続だった。

だが下着姿となっても、どこか優美さを失わない男でもある。

遠目にその均整のとれた肢体に見惚《みと》れる武官はいるものの、だからといって近付いて話しかけようとする者はいない。この男以外は。

「尊武様！　貴殿の馬を綺麗《きれい》にしてきましたよ。見て下さい！」

嬉しそうに馬を連れてやってきたのは、空丞将軍だった。

「四肢に泥がこびりついてぐったりしていましたが、川の水で洗い流し、馬具も綺麗にして、飼葉を食べさせてきました！」

馬はすっかり元気になって「ぶるる」と得意げに鼻を鳴らしている。

「お后様の行列は大通りを進みますので、来た道のような泥濘もありません。この後は、尊武様はこの馬に乗ってお進み下さい」

空丞本人はまだ泥まみれのくせに、先に尊武の馬の手入れをしていたようだ。

つくづく人の好い男だった。


「ほう……」

尊武は感心してすっかり機嫌が直る。

「すまぬな、空丞将軍。そなた私の側近にならぬか？」

食の無頓着さを見て失望した空丞だったが、やっぱり欲しくなった。

「は？　尊武様の側近？」

「黄軍の将軍職の倍の給金を払おう。玄武に大きな将軍屋敷も建ててやるぞ」

「え？　げ、玄武に？」

空丞は、突然の勧誘に目を丸くする。

「い、いえ……私は父と共に黄軍をまとめることを我が使命と思っていますので……」

「使命か……。ふん。そんなくだらぬもの捨ててしまえ」

生真面目な空丞には理解しがたい発想だった。

「ええっ⁉」

「武官としての栄華を極めさせてやるぞ」

「い、いえ……。あの……お気持ちは嬉しいのですが……その……私は皇帝陛下にこの身を捧《ささ》げると誓った人間でございまして……」

困り果てて口ごもる空丞に、尊武は突然「おい！」と声をかけた。

「え？」

怒ったのかと顔を上げると、尊武は空丞より向こうのどこか遠くを見ている。

「尊武様？」

そして尊武は「貸せ！」と言っていきなり空丞の持っていた馬の手綱を奪った。

「え？　あの……」

驚く空丞の目の前で、尊武はひらりと馬に飛び乗って告げる。

「少し出てくる」

「えっ？　そんなお姿のままどちらへ……」

言うまでもなく尊武はほとんど下着姿だった。それでも充分艶《なま》めいてはいるが。

「すぐに戻る。出立の準備をしておけ！」

「ええっ！　お、お待ちを！　尊武様っ！」

慌てて追いかける空丞だったが、尊武は馬の尻を叩《たた》いて颯爽《さっそう》と駆けていった。

「そ、尊武様っ！」

側近を断ったせいで怒らせたのかと、慌てて空丞は追いかけていく。

みるみる離されていく空丞だったが、虎威大山に向かっていく尊武を見失うまいと食らいついていった。

だが、そんな空丞に振り返ることもせず、尊武はどんどん加速していく。

「なんなのだ、いったい……」

馬上の尊武の目は一点だけを見ていた。

「あの間抜けめ！　何を考えている！」

まだ遠くに見える虎威大山の山肌に、人影が見えていた。

木々の隙間にちらちらと見える紫の袍《ほう》服。

それは白虎ではほとんど見かけない衣装だ。

だが宮内《くない》局の局頭《きょくがしら》である尊武にはなじみの深い官服でもある。

こんなところでその官服を着ている者など一人しか思い浮かばない。

背恰好《せかっこう》も角髪《みずら》頭も、紛れもなくそれが董胡だと示していた。

「后《きさき》は王宮に向けて出立の準備をしているはずではないのか？　なぜあんな所にいる？」

今頃、后装束で祭主に別れの挨拶《あいさつ》でもしているはずの鼓濤が……。

どうして医官服を着て虎威大山を一人で登っているのか。

不審でしかない。

「この上さらに面倒事を起こすつもりか！　ふざけるなよ！」

気の毒な馬は尻を叩かれ、坂道を登り、岩を飛び越え、ぐんぐん山肌に近付いていく。

呆《あき》れるほど迷惑な存在。

つくづく手がかかる疫病神。

いっそ、このままどこかへ行ってしまえばせいせいすると思うのに。

気付けば馬に飛び乗って追いかけていた。

「くそっ！　職務だからだ！　帝《みかど》に連れ帰れと命じられたからだ。お前のことなどどうでもいい。どうなっても知るか！　だが命じられたから仕方なく追いかけているだけだ」

誰に言い訳をしているのか、尊武は馬で疾走しながら呟いていた。

道なき斜面を駆け上がり、緩やかな山道を登る董胡に真っ直ぐ追いついていく。

生い茂った木立に飛び込み、右に左に木々の隙間をすり抜け、低い体勢で枝を避《よ》けながら山道に抜け出ると、董胡の姿が見えた。

「おいっ！」

その姿を追いかけながら呼びかける。

だが董胡は振り向きもせず、ふわふわと歩き続けていた。

「くそ！　なぜ聞こえないのだ！　おいっ！　子猿！」

さらに近付いても、董胡は振り向かなかった。

「董胡！　おいっ！　止まれ！」

名を呼ばれてようやく気付いたのか董胡はぴたりと足を止め、ぼんやりとした顔で振り向いて首を傾げる。

「…………」

だが、何事もなかったかのように再び前を向いて山を登り始めた。

「は？　俺様を無視するとはいい度胸だ。ぶん殴ってやろうか」

尊武は馬から飛び降りて、斜面を駆け上がる。

「おいっ！　董胡！」

尊武はあっという間に追いついて、董胡の腕を摑《つか》んだ。

「こんな所で何をしている！　なぜ一人で出歩いている！」

「…………」

董胡はうつろな目で尊武を見上げた。

その表情を見て、尊武ははっとする。

「お前……」

すぐにいつもの董胡ではないことに気付いた。

「まさか……お前……」

「放して下さい。行かなければ……」

董胡はうつろな目のまま尊武の手を振り払う。

「行くとは……どこへ行くつもりだ」

尊武は尋ねた。

「この山の上の洞窟《どうくつ》へ……。あの人が待っているから……」

尊武をすり抜け、さらに山を登ろうとする。

「あの人とは何だ！　誰のことだ。おい！　こっちを向け」

尊武は立ち去ろうとする董胡の両腕を掴んで無理やり自分に向き合わせた。

「マゴイか！　ユラ・マゴイか!?」

体を揺さぶって董胡に問いかける。

その名を聞いて、董胡ははっと目を見開いた。

「尊武……様？」

「やっと正気になったか、間抜けが！　ユラ・マゴイがこの先にいるのか？」

「ユラ……マゴイ……」

董胡はまだ朦朧《もうろう》とする頭で尊武の言葉を繰り返した。

「いつまで寝ぼけている！　答えろ！　この先にいるのか!?」

「ユラが……」

答えようとして、董胡は両耳を押さえた。

「頭の中に声が聞こえる……。行かないと……。ユラのところへ……」

「馬鹿が。いい加減にしろ。目を醒《さ》ませ！　お前は王宮に帰るのだろう。帝のところに帰るのではないのか」

「帝……」

董胡は帝と聞いて蒼白《そうはく》になった。

「帰れない……。私は帝の許《もと》に帰ってはいけないのです……」

「は？」

尊武は訳の分からないことばかり言う董胡に、いらいらと聞き返した。

「私は帝を不幸にするのです。だから……」

「はあっ⁉　ふざけるのもいい加減にしろ。くだらぬ口車に乗って操られている場合か。いいから、こっちに来い！」

再び腕を掴もうとした尊武だったが、董胡は後ずさりしてその手を避けた。

「帝にはもう会えないのです」

「帝に会えないだと？　なぜだ？」

「私が鼓濤であることを知られてしまいました……」

董胡の言葉を聞いて尊武は足を止める。

「全部……ばれたのか……？」

董胡は肯《うなず》いた。

「それで逃げてどうする？　まさかマゴイのところに行くつもりか？」

「マゴイ……？　私はマゴイのところに行こうとして……？」

ようやく現状に気付いたように辺りを見回す。

「とにかく、まずはここを離れることだ。帝のことはそれから考えればよい」

「でも……私は……」

董胡はさらに後ずさる。

「つべこべ言わずに来い。怒るぞ！」

すでに充分怒りながら、尊武は手を差し出した。

「………」

その手を取ろうとしたところで、董胡は再び両耳を押さえる。

「声が……私がいたらみんなが不幸になると……」

「そんな声など放っておけ。言う通りにしないならとっ摑まえるぞ！」

尊武は強引に董胡の腕を摑もうとする。

董胡は怯《おび》えたようにその手をかわして斜面を駆けだした。

「おいっ。ふざけるなよ！　どれだけ手こずらせるつもりだ。いい加減にしろ！」

大股《おおまた》で追いかける尊武から、董胡は訳も分からず逃げていた。

怖いものから逃げる。

その本能だけが体を支配していた。

やがて山道は行き止まりになる。

董胡の背後は崖《がけ》になっていて、轟音《ごうおん》と共に滝が流れていた。

「ここまでだ、董胡。観念してこちらに来るがよい」

尊武は手を伸ばす。

「帝のところに帰りたくないなら、帰らなくともよい。私がうまく誤魔化してやる。だから今はとりあえず后としてこの昴宿《きさき》を出るのだ」

尊武にしては珍しくまともに説得していた。

じりじりと下がる菫胡の足元が崖からはみ出しそうになっている。

さすがにまずいと感じていた。

「さあ、この手に掴まれ。大丈夫だ。悪いようにはしない」

刺激を与えないようにゆっくりと手を差し出す。

しかし菫胡はぶるぶると首を振る。

「来ないで……。それ以上近付かないで……」

尊武は伸ばした手を止めた。

背後には水しぶきを上げて流れる滝が見えている。

ずいぶん落差のある滝のようだ。

落ちたらただでは済まない。それだけははっきりと分かっていた。

尊武は心の中で「ちっ」と舌打ちをしてから、気を取り直して告げる。

「分かった。お前の言う通りにしよう。だからまずはこちらに一歩踏み出してくれ」

いまだかつて、尊武が他人にこれほど譲歩したことがあっただろうか。

自分でも思い出せないほどの気配りで、菫胡に話しかける。

「そこから落ちたら死ぬぞ。お前も死にたくはないだろう?」

「………………」

「安心しろ。お前を捕まえたからといって尻《しり》を蹴飛《けと》ばしたりはしない。ここに来るまでは、多少腹を立てていたかもしれぬが、たった今、改心した。后として丁寧に扱うと約束しよう。だからこっちに来るのだ。私の手を摑め。さあ」

尊武にしては精一杯の善人顔を作ったつもりだった。

だが董胡は余計に怯えた顔で後ろに下がる。

「あっ! 馬鹿者っ!」

尊武が叫んだ時には、董胡は片足を踏み外し体勢を崩していた。

「董胡っ!」

慌てて伸ばした手が、あと一歩届かず宙を掻《か》く。

そのまま董胡の体は崖に投げ出され、滝つぼへと落ちていった。

「嘘だろ……この疫病神……」

尊武は啞然《あぜん》と崖下《がけした》を覗《のぞ》き込んだ。

滝つぼで大きな水しぶきが上がったと思うと、董胡の体がその先の濁流にのまれていく。滝つぼの先は雨で増水した大河へと続いていた。

「……ふざけるなよ。どこまで私に迷惑をかけるつもりだ」

金輪際関わりたくない。

このまま遠くへ流されて、どこかへ行ってしまえばいい。

そう思っているはずなのに……。

「くそっ!」

気付いた時には、尊武はすでに崖から身を投げ出していた。

なんと愚かなと自分でも呆《あき》れ返っているのに、滝つぼに飛び込み、流されていく董胡を必死に追いかけていた。

こんな結末を誰が予想していただろうか。

洞窟で待つユラも、まさかこんな形で邪魔をされるとは思ってもいなかった。

こうして誰も想像しない結末に向かって、董胡と尊武は濁流に流されていくのだった。

本書は書き下ろしです。

皇帝《こうてい》の薬膳妃《やくぜんひ》

白銀《はくぎん》の奇跡《きせき》と明《あ》かされる真実《しんじつ》

尾道理子《おのみちりこ》

令和7年 3月25日　初版発行

発行者●山下直久

発行●株式会社KADOKAWA
〒102-8177　東京都千代田区富士見2-13-3
電話　0570-002-301（ナビダイヤル）

角川文庫 24583

印刷所●株式会社暁印刷
製本所●本間製本株式会社

表紙画●和田三造

ISBN 978-4-04-116046-6　C0193

角川文庫発刊に際して

角川源義

第二次世界大戦の敗北は、軍事力の敗北であった以上に、私たちの若い文化力の敗退であった。私たちの文化が戦争に対して如何に無力であり、単なるあだ花に過ぎなかったかを、私たちは身を以て体験し痛感した。西洋近代文化の摂取にとって、明治以後八十年の歳月は決して短かすぎたとは言えない。にもかかわらず、近代文化の伝統を確立し、自由な批判と柔軟な良識に富む文化層として自らを形成することに私たちは失敗して来た。そしてこれは、各層への文化の普及滲透を任務とする出版人の責任でもあった。

一九四五年以来、私たちは再び振出しに戻り、第一歩から踏み出すことを余儀なくされた。これは大きな不幸ではあるが、反面、これまでの混沌・未熟・歪曲の中にあった我が国の文化に秩序と確たる基礎を齎らすためには絶好の機会でもある。角川書店は、このような祖国の文化的危機にあたり、微力をも顧みず再建の礎石たるべき抱負と決意とをもって出発したが、ここに創立以来の念願を果すべく角川文庫を発刊する。これまで刊行されたあらゆる全集叢書文庫類の長所と短所とを検討し、古今東西の不朽の典籍を、良心的編集のもとに、廉価に、そして書架にふさわしい美本として、多くのひとびとに提供しようとする。しかし私たちは徒らに百科全書的な知識のジレッタントを作ることを目的とせず、あくまで祖国の文化に秩序と再建への道を示し、この文庫を角川書店の栄ある事業として、今後永久に継続発展せしめ、学芸と教養との殿堂として大成せんことを期したい。多くの読書子の愛情ある忠言と支持とによって、この希望と抱負とを完遂せしめられんことを願う。

一九四九年五月三日

ISBN 978-4-04-111777-4

毒母の息子カフェ

尾道理子

カフェの看板メニューは、名物店員!?

1歳の時に母を亡くし、父と二人暮らしの祠堂雅玖《しどうがく》は、受験に失敗し絶望する。希望ではない大学に入るもなじめず、偶然訪れたカフェで、女装姿の美青年オーナー、土久保《どくぼ》覇人《はひと》に誘われ住み込みバイトを始める。一筋縄ではいかない個性を持つ店員達に戸惑いながらも、少しずつ心を開く雅玖。仲間達に背中を押され、必死に探し求めた母の真の姿は、雅玖の想像とはまるで違っていて……。絆で結ばれた息子達の成長ストーリー!

ISBN 978-4-04-109185-2

ISBN 978-4-04-111240-3